एक लड़के की अनकही कहानी

शिवम जायसवाल

क्रम-सूची

भूमिका

"लोग अक्सर सोचते हैं कि एक लड़का मजबूत होता है, डरता नहीं, रोता नहीं। लेकिन क्या सच में ऐसा होता है?"

जब भी हम समाज में लड़कों की भूमिका की बात करते हैं, तो ज़्यादातर लोग यही मानते हैं कि लड़के मजबूत होते हैं, उन्हें कोई दर्द नहीं होता, वे भावनाओं को दिल में नहीं रखते। पर क्या यह सच है? क्या लड़कों के मन में भावनाएँ नहीं होतीं? क्या वे भी डर, असुरक्षा, प्यार, भ्रम और संघर्ष से नहीं गुजरते?

यह किताब एक लड़के की असली ज़िंदगी को सामने लाने की कोशिश है। वह ज़िंदगी, जिसे अक्सर अनदेखा कर दिया जाता है। एक लड़के की सोच कैसे बनती है? उसे किन परिस्थितियों से गुजरना पड़ता है? उसके दिमाग में बचपन से लेकर जवानी तक क्या चलता रहता है? क्या वह भी समाज के नियमों से बंधा हुआ होता है, या उसकी अपनी कोई स्वतंत्र सोच होती है?

लड़कों की भावनाएँ: हकीकत बनाम समाज की उम्मीदें

"रोना लड़कियों का काम है!"

"तू मर्द है, इतना कमजोर क्यों बन रहा है?"

"लड़कों को प्यार में पड़ना जरूरी नहीं, करियर पर ध्यान दो!"

ये वे बातें हैं जो एक लड़के को बचपन से ही सुननी पड़ती हैं। समाज ने लड़कों के लिए एक आदर्श छवि बना दी है—मजबूत, आत्मनिर्भर, और बिना किसी भावनात्मक कमजोरी के। लेकिन सच यह है कि लड़के भी उतने ही भावुक होते हैं जितनी लड़कियाँ। फर्क सिर्फ इतना है कि लड़कियों को अपनी भावनाएँ दिखाने की छूट मिलती है, लेकिन लड़कों को नहीं।

मनोवैज्ञानिक (Psychological) शोध बताते हैं कि लड़के और लड़कियाँ जन्म से एक जैसी भावनाएँ रखते हैं, लेकिन समाज और परवरिश उन्हें अलग-अलग बना देती है। जब एक लड़का छोटा होता है और पहली बार किसी लड़की को पसंद करता है, तो उसके मन में कई

सवाल उठते हैं—

"मुझे ऐसा क्यों लग रहा है?"

"क्या यह प्यार है या बस आकर्षण?"

अगर मैंने किसी को बताया, तो वे क्या सोचेंगे?"

लेकिन लड़कों को यह सिखाया जाता है कि वे अपनी भावनाओं को अंदर ही दबा लें, क्योंकि "मर्द को दर्द नहीं होता।"

बचपन में जब पहली बार दिल धड़कता है...

बचपन में जब कोई लड़का पहली बार किसी लड़की को पसंद करता है, तो वह मासूमियत भरी उलझन से गुजरता है। उसे समझ नहीं आता कि यह सिर्फ दोस्ती है, आकर्षण है, या कुछ और। लेकिन उसे कभी खुलकर अपनी भावनाओं को व्यक्त करने का मौका नहीं दिया जाता।

अगर उसने कह दिया कि उसे कोई लड़की पसंद है, तो उसे या तो चिढ़ाया जाएगा, या उसकी भावनाओं को हल्के में लिया जाएगा। धीरे-धीरे, वह अपने दिल की बात छुपाना सीख जाता है। यही आदत आगे चलकर उसकी पूरी ज़िंदगी का हिस्सा बन जाती है—हर भावना को अंदर ही रखना।

क्या यह किताब जरूरी है?

हमने हमेशा लड़कियों की परेशानियों के बारे में सुना है, लेकिन क्या लड़कों को कोई परेशानी नहीं होती? जब दुनिया उनसे कहती है कि "मजबूत बनो," तो क्या उनके अंदर डर खत्म हो जाता है? जब उनसे कहा जाता है कि "करियर पर ध्यान दो, प्यार बाद में," तो क्या उनका दिल सच में उनकी बात मान लेता है?

यह किताब उन सभी सवालों का जवाब ढूंढेगी, जिन पर शायद ही कभी बात होती है। यह सिर्फ एक कहानी नहीं, बल्कि हर लड़के की कहानी है—एक ऐसा सफर जो यह दिखाएगा कि लड़कों की सोच कैसे बनती है, कैसे समाज उन्हें ढालता है, और कैसे वे अपनी असली भावनाओं को पहचानते हैं।

अब सवाल यह है—क्या तुम इस कहानी को सिर्फ पढ़ोगे, या इसे समझने की कोशिश भी करोगे?

1

लड़कों की दुनिया

लड़का पैदा हुआ। पूरे घर में खुशियाँ मनाई गईं। रिश्तेदारों ने मिठाइयाँ बाँटी, पिता के कंधे पर बधाइयों का भार पड़ा, और माँ ने अपने आँचल में एक नया सपना समेट लिया। "मेरा बेटा मेरा नाम रोशन करेगा।" बचपन में वह वैसे ही रोता था जैसे उसकी बहन, लेकिन फर्क यह था कि जब बहन रोती, तो उसे चुप कराने के लिए गोद में उठा लिया जाता, प्यार से पुचकारा जाता। लेकिन जब वह रोता, तो कोई न कोई उसे टोक देता—अरे! मर्द बन, लड़कों की तरह रहना सीख!

धीरे-धीरे उसने रोना कम कर दिया। दर्द जब भी हुआ, उसने मुस्कुराकर सह लिया। आँसू जब भी आए, उसने सिर झुका लिया। उसे समझ में आ गया कि लड़कों को भावनाएँ दिखाने की इजाजत नहीं होती।

जब वह चार साल का था, तो उसे खिलौने दिए गए—बंदूकें, कारें, रोबोट। उसकी बहन को गुड़िया, किचन सेट और रंग-बिरंगे कपड़े। बहन के पास विकल्प थे—वह डॉक्टर बन सकती थी, टीचर बन सकती थी, पायलट बन सकती थी, घर सँभाल सकती थी। लेकिन उसे बचपन से ही बताया गया कि तुझे बड़ा होकर घर चलाना है, बहन की जिम्मेदारी उठानी है, माता-पिता का सहारा बनना है।"

लड़कों के लिए बचपन भी जल्दी खत्म हो जाता है। जब वह दस साल का हुआ, तो खेलते-खेलते गिर गया। घुटने छिल गए, खून बहने लगा।

दर्द हुआ, आँखों में आँसू आ गए, लेकिन तभी पीछे से आवाज आई—रोते क्यों हो? लड़कियों की तरह मत रो

उसने झट से आँसू पोंछ लिए और दोबारा गिरने पर कभी रोने की हिम्मत नहीं की। उस दिन उसने सीखा कि दर्द से ज्यादा खतरनाक चीज़ है—कमजोर दिखना।

समय बीता, और वह किशोरावस्था में पहुँच गया। दोस्ती, पढ़ाई, सपने—सबकुछ था, लेकिन कहीं न कहीं एक खालीपन था। वह देखता कि उसकी बहन खुलकर अपनी बातें माँ से कह सकती थी, अपने डर, अपने सपने, अपनी तकलीफें साझा कर सकती थी। लेकिन वह? अगर कभी उसने घर में कहा कि वह दुखी है, तो जवाब मिलता—बकवास मत कर! तुझे किस बात की टेंशन है?

धीरे-धीरे उसने अपनी बातें अंदर रखना सीख लिया। अब वह माँ से भी अपने डर साझा नहीं करता था, दोस्तों से भी अपने दिल की बातें नहीं करता था। मर्द को दर्द नहीं होता।"यह बात अब उसका सच बन चुकी थी।

किशोरावस्था में पहली बार उसने किसी को पसंद किया। उसका दिल धड़कता था, लेकिन वह कह नहीं सका। लड़कों को प्यार के चक्कर में नहीं पड़ना चाहिए, करियर बनाना चाहिए! यह सुन-सुनकर उसने अपने जज्बातों को मारना सीख लिया।

समाज ने उसके लिए एक आदर्श छवि बना दी थी—मजबूत बनो, आत्मनिर्भर बनो, भावनाओं को काबू में रखो, कभी हार मत मानो, और कभी रोओ मत!"

विज्ञान कहता है कि लड़के और लड़कियाँ जन्म से समान भावनात्मक संवेदनशीलता के साथ पैदा होते हैं।लेकिन परवरिश और समाज उन्हें अलग बना देता है। डॉ. विजय शर्मा जो मनोवैज्ञानिक हैं, कहते हैं—"लड़कों पर भावनात्मक दबाव ज्यादा होता है, क्योंकि उनसे उम्मीद की जाती है कि वे कभी अपनी भावनाएँ नहीं दिखाएँ। यही कारण है कि बड़े होने पर वे अपनी भावनाओं को समझने और व्यक्त करने में कठिनाई महसूस करते हैं।

करियर पहले, बाकी सब बाद में!"

यह बात उसने हज़ारों बार सुनी थी। जब वह 18 साल का हुआ, तो उसके आसपास की दुनिया बदल गई। अब रिश्तेदार उसके नंबरों पर ध्यान देने लगे। दोस्त एक-दूसरे से पूछने लगे—तू कौन सी नौकरी करने वाला है?

कोई उससे यह नहीं पूछता था कि "तू खुश है?"

एक दिन, जब वह अपने दोस्तों के साथ बैठा था, तो उनमें से किसी ने कहा—भाई, अब प्यार-व्यार छोड़, पैसा कमाने पर ध्यान दे!

सब हँसने लगे। शिव भी हँस दिया, लेकिन अंदर से वह जानता था कि पैसा ज़रूरी है, लेकिन क्या सिर्फ पैसा कमाने के लिए हमें अपने सपनों को मार देना चाहिए?

अगर करियर पहले, बाकी सब बाद में, तो इंसान जीता कब है?उसने खुद से पूछा।

समाज लड़कों को एक ऐसे साँचे में ढालता है, जहाँ वे अपनी भावनाओं को दबाने लगते हैं। वे प्यार को खुलकर स्वीकार नहीं कर पाते, दुःख को छुपाते हैं और समाज की उम्मीदों को पूरा करने की दौड़ में खुद को भूल जाते हैं।

अगर कोई लड़का रोता है, तो लोग उसे कमजोर कहते हैं। अगर कोई लड़का अपने दिल की बात कहता है, तो लोग उसे भावुक और नासमझ समझते हैं। अगर कोई लड़का अपने सपनों के पीछे भागता है, तो उसे कहा जाता है कि "रियलिस्टिक बनो, ये सब फालतू के चक्कर हैं!" लेकिन क्या लड़कों को अपनी ज़िंदगी अपने हिसाब से जीने का हक़ नहीं?

एक रिसर्च के मुताबिक पुरुषों में डिप्रेशन और मानसिक तनाव की दर महिलाओं से ज्यादा होती है, लेकिन वे इसे छुपाते हैं, क्योंकि समाज उन्हें भावनाएँ व्यक्त करने की अनुमति नहीं देता।

लड़कों की आत्महत्या दर लड़कियों की तुलना में अधिक होती है, क्योंकि वे अपनी तकलीफें किसी से साझा नहीं कर पाते।

एक सर्वे में जब लड़कों से पूछा गया कि "आप किससे खुलकर अपनी भावनाएँ शेयर करते हैं?" तो 70% लड़कों का जवाब था—"किसी से नहीं!"

लेकिन बदलाव की जरूरत है। अगर लड़कों को भी रोने, प्यार करने, और भावनाओं को व्यक्त करने की आज़ादी मिले, तो समाज में सकारात्मक बदलाव आ सकता है। यह जरूरी है कि लड़कों को भी इंसान समझा जाए, न कि एक रोबोट जो सिर्फ जिम्मेदारियाँ उठाने के लिए पैदा हुआ है।

2

अपनी राह का मुसाफिर

शिव छत पर लेटा हुआ था। रात के ग्यारह बज चुके थे, लेकिन उसकी आँखों में नींद नहीं थी। चारों ओर सन्नाटा पसरा हुआ था, पर उसके दिमाग में खयालों का शोर था। ठंडी हवा उसके चेहरे को छूकर गुजर रही थी, लेकिन उसके अंदर की बेचैनी किसी तूफान से कम नहीं थी।

वह ऊपर आसमान की तरफ देख रहा था। अनगिनत तारे टिमटिमा रहे थे, जैसे हर तारा अपनी ही किसी उलझन में खोया हुआ हो। उसने लंबी सांस ली और खुद से पूछा— क्या मैं सच में खुश हूँ?

यह सवाल उसके मन में पहली बार नहीं आया था, लेकिन आज इस सवाल से भागने का मन नहीं कर रहा था। आज वह इसका जवाब ढूंढना चाहता था।

शिव का बचपन आम बच्चों की तरह ही बीता था, लेकिन समाज की परिभाषाओं ने उसकी सोच को धीरे-धीरे बदल दिया था। जब वह छह साल का था, तो एक बार खेलते-खेलते गिर गया था। घुटने से खून निकल रहा था और दर्द के मारे उसकी आँखों में आँसू आ गए थे। जैसे ही उसने रोने की कोशिश की, उसकी माँ ने झट से कहा— लड़के रोते नहीं!

उस दिन उसे पहली बार समझ आया कि अगर वह रोया, तो उसे कमजोर समझा जाएगा। धीरे-धीरे उसने अपनी भावनाओं को दबाना सीख लिया। हर बार जब कोई चीज़ उसे दुखी करती, वह अपने आँसुओं को अंदर ही रोक लेता। उसे लगता था कि यही सही है, यही एक लड़के की पहचान है।

समय के साथ यह सोच और मजबूत होती चली गई। जब भी उसने घर में या बाहर किसी लड़के को रोते देखा, लोग उसे ताने देने लगते— मर्द बन, लड़कियों की तरह मत रो! समाज ने यह नियम बना दिया था कि एक लड़का अगर रोता है, तो वह कमजोर है। लेकिन शिव हमेशा सोचता था— क्या सच में लड़कों को रोने का हक़ नहीं?

शिव ने अपने पूरे बचपन में कई बार यह सुना था कि मर्द को दर्द नहीं होता।" लेकिन उसे हमेशा लगता था कि यह सिर्फ कहने की बात है। जब कोई तकलीफ होती थी, जब मन भारी लगता था, तो क्या सच में उसे दर्द नहीं होता? फिर उसे रोने क्यों का मन करता था?

वह बचपन से ही बहुत संवेदनशील था। उसे छोटी-छोटी बातें गहरी लगती थीं, लेकिन उसने कभी किसी से अपनी भावनाएँ साझा नहीं कीं। वह अंदर ही अंदर सब कुछ सहता रहा, क्योंकि उसे पता था कि "एक लड़का कभी अपनी कमजोरियाँ नहीं दिखाता।"

समय बीता और शिव बड़ा होने लगा। अब समाज की दूसरी सच्चाइयाँ भी उसके सामने आने लगी थीं। बारहवीं पास करने के बाद, जब उसने अपने पापा से कहा कि वह लेखन में करियर बनाना चाहता है, तो पापा का चेहरा गुस्से से लाल हो गया था। ये सब बेकार की बातें हैं! इससे कोई पैसा नहीं कमाता। कुछ ठोस काम करो! पापा की आवाज़ गूंज उठी थी।

शिव के सपने एक पल में जैसे धराशायी हो गए थे। क्या सच में कोई लड़का अपनी मर्जी से अपना करियर नहीं चुन सकता? क्या हर लड़के को सिर्फ वही करना होगा, जो समाज और परिवार उससे उम्मीद रखता है?

उसने कोशिश की थी समझाने की, लेकिन उसके पिता ने साफ कह दिया था— अगर तुम्हें यह सब करना है, तो अपने पैरों पर खड़े हो जाओ,

फिर जो मन में आए, करो!

वह जानता था कि अगर उसे अपनी राह खुद चुननी है, तो यह आसान नहीं होगा। लेकिन क्या वह इस समाज के बनाए नियमों के आगे झुक जाएगा? या फिर अपनी पहचान खुद बनाएगा?

शिव का मन बेचैन था। वह समझ नहीं पा रहा था कि जो रास्ता उसने चुना है, वह सही है या नहीं। पापा की बातों ने उसे हिला कर रख दिया था, लेकिन कहीं न कहीं उसके दिल में यह यकीन था कि वह अपनी राह खुद बना सकता है।

दिन बीतते गए, और शिव ने अपने सपने को जीने की कोशिश जारी रखी। उसने छोटी कहानियाँ लिखनी शुरू कर दीं, कविताएँ लिखीं, और धीरे-धीरे उसकी लेखनी में निखार आने लगा। लेकिन उसके अंदर का संघर्ष खत्म नहीं हुआ था। एक दिन, जब वह अपने दोस्तों अमन और संजय के साथ बैठा था, तो अमन ने मजाक में कहा— भाई, तेरा ये लिखने-पढ़ने का क्या चक्कर है? तू भी हमारे साथ किसी प्राइवेट जॉब की तैयारी कर, वरना भूखा मरेगा! संजय ने भी हँसते हुए कहा— बिलकुल! देख, हम सबको सेटल होना है। प्यार-व्यार और ये सपने सब बकवास चीजें हैं। असली जिंदगी पैसे से चलती है!

शिव ने उनकी बातें सुनीं, लेकिन इस बार उसने चुप रहने की बजाय बोलना सही समझा।

क्या तुम सच में सोचते हो कि जिंदगी सिर्फ पैसा कमाने का नाम है? शिव ने पूछा।

अमन ने कंधे उचका दिए— और क्या? तू देख ना, कोई भी सफल इंसान उठा कर देख ले, सबके पास पैसा है! शिव ने गहरी सांस ली और कहा— पैसा ज़रूरी है, लेकिन क्या सिर्फ पैसा कमाने के लिए हमें अपने सपनों को मार देना चाहिए? क्या हमें वही करना चाहिए, जो समाज कहता है, सिर्फ इसलिए कि लोग हमें स्वीकार करें? अमन और संजय उसकी बात पर हँस पड़े। भाई, तू बहुत इमोशनल बातें करता है! शिव मुस्कुराया, लेकिन अंदर से वह जानता था कि वह जो सोच रहा है, वह गलत नहीं है। वह जानता था कि उसे अपनी राह खुद बनानी होगी, चाहे कितनी भी मुश्किलें आएँ। शिव के मन में उस दिन से एक नई जिद आ

गई थी। उसने तय कर लिया था कि वह अब अपने हिसाब से जिएगा, चाहे समाज कुछ भी कहे। लेकिन यह इतना आसान नहीं था। एक शाम वह घर की बालकनी में बैठा था, जब उसकी माँ उसके पास आईं। उन्होंने प्यार से उसके बालों में हाथ फेरा और कहा, बेटा, तुम इतने परेशान क्यों रहते हो?

शिव ने गहरी सांस ली और धीरे से कहा, माँ, क्या एक लड़का अपनी मर्जी से जिंदगी नहीं जी सकता?

माँ ने हैरानी से उसकी तरफ देखा, क्या मतलब?

मतलब यह कि अगर मैं अपने सपने पूरे करना चाहता हूँ, तो लोग मुझे रोकते क्यों हैं? मैं लेखक बनना चाहता हूँ, लेकिन पापा को यह मंजूर नहीं। दोस्त कहते हैं कि करियर पहले आना चाहिए, प्यार और सपने बाद में। हर कोई मुझे बता रहा है कि मुझे क्या करना चाहिए, लेकिन कोई यह नहीं पूछ रहा कि मैं क्या करना चाहता हूँ! शिव की आवाज़ भर्रा गई थी। माँ कुछ देर चुप रहीं, फिर उन्होंने कहा, बेटा, समाज के अपने नियम होते हैं। लेकिन अगर तुम सच में अपने रास्ते पर चलना चाहते हो, तो तुम्हें खुद को साबित करना होगा। जब तक तुम सफल नहीं हो जाते, लोग तुम्हारी बात नहीं मानेंगे।

शिव को माँ की यह बात दिल से लग गई। तो क्या मुझे पहले इस दुनिया के हिसाब से जीना पड़ेगा और फिर अपने हिसाब से? माँ ने हल्की मुस्कान के साथ कहा, शायद। लेकिन अगर तुम्हारा सपना सच्चा है, तो एक दिन दुनिया भी उसे स्वीकार करेगी उस रात शिव सो नहीं पाया। वह सोचता रहा कि क्या सच में उसे पहले दुनिया के हिसाब से चलना पड़ेगा? या फिर वह अभी से अपनी राह खुद बना सकता है?

अगले दिन शिव अपने कमरे में बैठा लिख रहा था। उसकी उंगलियाँ तेजी से कागज पर चल रही थीं, लेकिन उसका मन अब भी उलझा हुआ था। उसने अपने आसपास के हर व्यक्ति को देखा था—हर कोई बस एक तय रास्ते पर चल रहा था। पढ़ाई, नौकरी, शादी, फिर वही दिनचर्या। क्या जिंदगी का बस यही मतलब है? उसी शाम, संजय और अमन उससे मिलने आए। और भाई, क्या कर रहा था?अमन ने हँसते हुए पूछा। बस, कुछ लिख रहा था संजय ने उसकी कॉपी उठाई और पढ़ने लगा। भाई, तू

सच में सोचता है कि तेरा ये लिखने-पढ़ने का काम तुझे किसी मुकाम तक पहुँचा देगा? अमन ने भी सिर हिलाया, देख शिव, हम तेरा भला चाहते हैं। तुझे हमारी तरह सोचना होगा। करियर पहले, बाकी सब बाद में!शिव ने उन्हें गौर से देखा और फिर कहा, अगर करियर पहले, बाकी सब बाद में, तो इंसान जीता कब है?अमन चौंका, क्या मतलब?

मतलब ये कि अगर हम सिर्फ पैसा कमाने और समाज की उम्मीदों को पूरा करने में ही उलझे रहेंगे, तो हमारी खुद की खुशी का क्या? क्या सिर्फ पैसा कमाना ही जिंदगी है? क्या एक लड़का अपनी मर्जी से जी भी नहीं सकता? संजय ने गहरी सांस ली, भाई, तेरी बातें सुनने में अच्छी लगती हैं, लेकिन दुनिया ऐसे नहीं चलती। लोग वही करते हैं, जो समाज उनसे उम्मीद करता है।शिव मुस्कुराया, "फिर तो कोई नया रास्ता कभी बन ही नहीं सकता। हर कोई बस उसी ढर्रे पर चलता रहेगा?अमन और संजय के पास इसका कोई जवाब नहीं था।

उस रात, शिव ने खुद से एक वादा किया—अब मैं अपनी जिंदगी अपने हिसाब से जिऊँगा, चाहे दुनिया कुछ भी कहे! शिव के मन में अब कोई दुविधा नहीं थी। उसने तय कर लिया था कि वह अपनी राह खुद बनाएगा, लेकिन यह सफर आसान नहीं होने वाला था। अगले कुछ हफ्तों में उसने अपने लेखन पर पूरा ध्यान देना शुरू कर दिया। वह दिन-रात कहानियाँ लिखता, कविताएँ गढ़ता और अपनी सोच को शब्दों में उतारता।

लेकिन जितना वह अपने सपनों की ओर बढ़ रहा था, उतनी ही मुश्किलें भी उसके सामने आ रही थीं। एक दिन, जब वह अपने कमरे में बैठा था, पापा अंदर आए। उनके चेहरे पर गुस्सा था।

शिव, यह सब क्या हो रहा है? पापा की आवाज़ सख्त थी। क्या हुआ, पापा? मुझे तुम्हारी माँ से पता चला कि तुम दिन-रात बस लिखने में लगे हो। क्या यही करने के लिए हमने तुम्हें पढ़ाया था? शिव ने उनकी आँखों में देखा और धीरे से कहा, पापा, मैं सिर्फ वही करना चाहता हूँ जो मेरे दिल को सही लगता है बकवास मत करो! पापा की आवाज़ तेज हो गई। ये सब फालतू के शौक हैं। दुनिया में सफलता उन्हीं को मिलती है, जो मेहनत करते हैं और असली दुनिया की हकीकत को समझते हैं।

शिव ने अपनी किताब को बंद किया और गहरी सांस ली।

पापा, मेहनत मैं भी कर रहा हूँ, लेकिन अपने सपनों के लिए। आप कहते हैं कि सफलता पैसे से मिलती है, लेकिन मैं सोचता हूँ कि सफलता वो होती है, जब हम अपने दिल की सुनें और वही करें जो हमें सच्ची खुशी दे।

पापा ने निराशा भरी नजरों से उसकी ओर देखा और कहा, अगर तुम अपनी जिद पर अड़े रहोगे, तो इस घर में तुम्हारे लिए कोई जगह नहीं होगी।

यह सुनकर शिव का दिल धक से रह गया। उसने कभी नहीं सोचा था कि उसके अपने ही पिता उसे यूँ छोड़ने की धमकी देंगे। कमरे में सन्नाटा पसर गया।

कुछ पल बाद, शिव ने शांत स्वर में कहा, अगर अपनी राह चुनने की कीमत यही है, तो मैं इसे चुकाने के लिए तैयार हूँ, पापा।

पापा बिना कुछ कहे बाहर चले गए।

उस रात, शिव ने आसमान की ओर देखा। तारे चमक रहे थे, जैसे वे भी उसका हौसला बढ़ा रहे हों।

अब वह जान चुका था कि उसका सफर मुश्किलों से भरा होगा, लेकिन वह पीछे नहीं हटेगा।

शिव अब पूरी तरह से बदल चुका था। वह जान चुका था कि अगर उसे अपनी राह खुद बनानी है, तो उसे हर मुश्किल का सामना करना होगा, चाहे वह परिवार से हो, समाज से हो या खुद के अंदर की उलझनों से।

उस रात के बाद उसने खुद को और मजबूत बना लिया। उसने अपने लेखन को और धार दी, अपनी कहानियों में दर्द, संघर्ष और उम्मीद को जगह दी। वह जानता था कि एक दिन उसकी आवाज़ सुनी जाएगी।

कुछ महीनों बाद, उसका एक लेख एक प्रतिष्ठित पत्रिका में छपा। यह उसके लिए सिर्फ एक लेख नहीं था, बल्कि उसके सपने की पहली उड़ान थी। उसने वह कर दिखाया था, जिसके बारे में लोग कहते थे कि यह नामुमकिन है।

जब उसके पापा ने वह लेख देखा, तो उन्होंने कोई प्रतिक्रिया नहीं दी, लेकिन शिव ने उनकी आँखों में पहली बार गर्व की झलक देखी।

एक दिन, जब वह अपनी माँ के पास बैठा था, उन्होंने धीरे से कहा, बेटा, तुमने जो किया, वह आसान नहीं था। लेकिन मुझे तुम पर गर्व है।

शिव मुस्कुराया। यह वही शब्द थे, जिनकी उसे वर्षों से तलाश थी।

वह जान चुका था कि असली जीत सिर्फ सफलता हासिल करने में नहीं है, बल्कि उस सफर में है, जिसमें हम अपने डर से लड़ते हैं, समाज के बनाए हुए दायरों को तोड़ते हैं, और अपनी पहचान खुद बनाते हैं।

अब शिव सिर्फ एक नाम नहीं था, वह एक कहानी बन चुका था—एक ऐसी कहानी, जो हर उस इंसान को हौसला देगी, जो अपने सपनों के लिए लड़ना चाहता है।

3

प्यार और उलझन

शिव की ज़िंदगी में अब तक बस एक ही उलझन थी—सपने पूरे करने की या समाज की बात मानने की? लेकिन अब एक और सवाल उसके सामने आ खड़ा हुआ था—क्या प्यार उसके रास्ते को और मुश्किल बना देगा?

वह इस बारे में ज्यादा सोचता नहीं था, लेकिन स्नेहा उसकी ज़िंदगी में एक ऐसा नाम था, जो कब उसकी सोच का हिस्सा बन गया, उसे खुद भी पता नहीं चला। स्नेहा उसकी दोस्त थी, लेकिन क्या वह सिर्फ दोस्त थी? शिव खुद भी यह तय नहीं कर पा रहा था। शिव और स्नेहा की मुलाकात कॉलेज में हुई थी। पहले तो वे बस क्लासमेट थे, लेकिन धीरे-धीरे बातों का सिलसिला बढ़ा और वे अच्छे दोस्त बन गए। स्नेहा का स्वभाव बिल्कुल अलग था—वह बेबाक थी, अपनी राय खुलकर रखती थी, और सबसे बड़ी बात, वह शिव की चुप्पी को समझ सकती थी। शिव अक्सर सोचता था कि "कैसे कोई इंसान बिना कहे ही दूसरे की भावनाएँ समझ सकता है? स्नेहा के साथ उसे पहली बार लगा कि शायद वह भी अपनी बातें किसी से साझा कर सकता है।

एक दिन वे कॉलेज के गार्डन में बैठे हुए थे। स्नेहा ने देखा कि शिव आज कुछ ज्यादा ही खोया हुआ है।

स्नेहा: क्या हुआ, कुछ सोच रहा है?

शिव (मुस्कुराते हुए): बस यूँ ही, ज़िंदगी को लेकर कुछ सवाल हैं।

स्नेहा: अच्छा? कौन से सवाल?

शिव: बस यही कि क्या हमें वही करना चाहिए, जो समाज हमसे उम्मीद करता है, या फिर हमें अपने सपनों के पीछे जाना चाहिए?

स्नेहा कुछ देर चुप रही, फिर बोली, "अगर तुम्हारा सपना सच्चा है, तो तुम्हें उसके लिए लड़ना चाहिए। वरना ज़िंदगी भर अफसोस रहेगा।"

शिव उसकी यह बात सुनकर मुस्कुरा दिया, लेकिन उसके मन में एक और सवाल था—क्या मुझे प्यार करने का हक़ है?

शिव के मन में यह सवाल पहली बार नहीं आया था। क्या एक लड़का अपने सपनों और प्यार दोनों को साथ लेकर चल सकता है? या फिर उसे किसी एक को चुनना ही होगा?

स्नेहा उसके लिए सिर्फ एक दोस्त थी या उससे कुछ ज्यादा, यह वह खुद भी तय नहीं कर पा रहा था। कभी-कभी स्नेहा की बातें उसके दिल को छू जाती थीं, और कभी वह खुद को रोकने की कोशिश करता था।

एक शाम, जब दोनों लाइब्रेरी में बैठे थे, स्नेहा ने अचानक पूछा—

शिव, तुझे कभी किसी से प्यार हुआ है?

शिव इस सवाल के लिए तैयार नहीं था। उसने नजरें बचाते हुए कहा—

पता नहीं शायद नहीं

स्नेहा हँसने लगी, पता नहीं? मतलब प्यार हुआ भी है और नहीं भी?

शिव भी हल्का मुस्कुराया, लेकिन अंदर से वह खुद से यही सवाल पूछ रहा था—क्या मुझे सच में स्नेहा से प्यार हो रहा है?

शिव ने कभी इस बारे में गहराई से नहीं सोचा था। प्यार? क्या यह उसके लिए भी जरूरी था? या फिर यह सिर्फ एक distraction था, जैसा उसके दोस्त अक्सर कहते थे?

लेकिन जितना वह इस सवाल से भागने की कोशिश करता, उतना ही यह सवाल उसके मन में गूंजता रहता।

एक दिन, जब स्नेहा ने अचानक शिव का हाथ पकड़ लिया, तो उसका दिल जोरों से धड़कने लगा।

"शिव, तुझे मुझसे कुछ कहना है? स्नेहा ने हल्की मुस्कान के साथ पूछा।

शिव ने कुछ पल उसे देखा, फिर धीरे से कहा—

अगर मैंने कुछ कहा, तो शायद सब कुछ बदल जाएगा

स्नेहा चुप हो गई। कुछ देर बाद उसने धीरे से कहा

कभी-कभी बदलाव जरूरी होता है, शिव।

उस पल शिव समझ नहीं पाया कि यह इशारा किस तरफ था—उसके करियर की तरफ, उसके सपनों की तरफ, या फिर उनके रिश्ते की तरफ?

शिव के लिए यह सब नया था। उसने कभी नहीं सोचा था कि किसी की मौजूदगी उसकी ज़िंदगी पर इतना असर डाल सकती है। स्नेहा के साथ बिताए पल अब उसकी सोच का हिस्सा बनने लगे थे। लेकिन जितना वह इस एहसास के करीब जाता, उतना ही उसके मन में एक डर बैठ जाता।

"अगर मैं अपने सपनों के पीछे भाग रहा हूँ, तो क्या मुझे प्यार के बारे में सोचना चाहिए?"

वह खुद को समझाने की कोशिश करता कि यह सिर्फ एक दोस्ती है, लेकिन जब भी स्नेहा उसके पास होती, उसकी आँखों में झाँकती, तो उसे लगता कि शायद यह दोस्ती से कुछ ज्यादा है।

एक दिन, जब वे कॉलेज से लौट रहे थे, अचानक बारिश शुरू हो गई। दोनों एक पेड़ के नीचे रुक गए।

स्नेहा: बारिश कितनी अच्छी लगती है ना?

शिव: हाँ, लेकिन कभी-कभी यह सब कुछ उलझा भी देती है

स्नेहा: क्या मतलब?

शिव (थोड़ा हिचकिचाते हुए): "मतलब... जैसे जब बारिश होती है, तो हमें यह तय करना पड़ता है कि भीगना है या छतरी खोलनी है। ज़िंदगी भी कुछ ऐसी ही है, ना?

स्नेहा ने मुस्कुराते हुए कहा— तो तू क्या करना चाहता है, भीगना या बचना?

शिव के पास कोई जवाब नहीं था, बस वह सन्नाटा महसूस कर रहा था। उसके मन में विचारों का तूफान मचा हुआ था। क्या वह अपने डर को छोड़कर प्यार और अपने सपनों दोनों को एक साथ जी सकता है? या फिर उसे किसी एक को चुनना होगा? बारिश अब हल्की हो गई थी, लेकिन शिव के दिल में उठता तूफान शांत नहीं हो रहा था। उसने स्नेहा

की आँखों में देखा, और उसे लगा कि शायद वह किसी जवाब का इंतजार नहीं कर रही है बल्कि उसकी भावनाओं को समझने की कोशिश कर रही है। तू क्या सोचता है, शिव? स्नेहा की आवाज़ में अब एक गहरी समझ थी, जैसे वह जानती हो कि शिव अंदर से उलझा हुआ है।

शिव ने कुछ देर तक सोचा, फिर धीरे से कहा, तुझे सच बताऊँ, स्नेहा? मुझे खुद से ही डर लगता है। मैं डरता हूँ कि अगर मैंने प्यार को अपनाया, तो शायद मेरे सपने चुराए जाएँ

स्नेहा मुस्कुराई और उसकी आँखों में एक चमक थी—प्यार कभी किसी का सपना नहीं चुराता, शिव। प्यार तो उसे पूरा करने का हौसला देता है।

शिव के चेहरे पर हल्की सी मुस्कान आ गई, लेकिन उसके दिल में अभी भी कई सवाल थे। क्या वह सच में अपने सपनों और प्यार दोनों को साथ रख सकता है? वह जानता था कि इस सवाल का कोई आसान जवाब नहीं था। यह उसकी ज़िंदगी का सबसे बड़ा फैसला था, जो उसे खुद से करना था।

दिन बीतते गए, और शिव की ज़िंदगी अब एक नए मोड़ पर खड़ी थी। वह जानता था कि प्यार और सपने कभी एक-दूसरे के खिलाफ नहीं होते, अगर इंसान को अपनी दिशा सही से पता हो। उसने यह फैसला किया—वह दोनों को एक साथ जीने की कोशिश करेगा। शिव अब समझ चुका था कि कभी-कभी हमें अपने सपनों के पीछे दौड़ते हुए भी अपने दिल की सुननी पड़ती है, और कभी-कभी हमें यह समझना होता है कि प्यार हमें अपनी ज़िंदगी के सबसे बड़े सपने तक पहुंचने में मदद कर सकता है।

4

समाज की सच्चाई

शिव के लिए अब सब कुछ बदल चुका था। उसने फैसला किया था कि वह अपने सपनों और भावनाओं को साथ लेकर चलेगा, लेकिन उसने यह नहीं सोचा था कि दुनिया उसके खिलाफ हो जाएगी।

रात को जब वह घर पहुँचा, तो माहौल भारी था। माँ की आँखें लाल थीं, पिता की आँखों में गुस्सा था। जैसे ही उसने दरवाज़ा खोला, पिता की कड़कती आवाज़ सुनाई दी—

"अब तुझे पढ़ाई की भी फिक्र नहीं रही?"

शिव चौंका, "ऐसा क्यों कह रहे हैं पापा?"

"क्योंकि हम जानते हैं कि तू क्या कर रहा है!" पिता ने टेबल पर रखा उसका फोन उठाया, "हर वक्त फोन में लगा रहता है, कॉलेज के बाद सीधा घर क्यों नहीं आता? स्नेहा कौन है?"

शिव का दिल धक से रह गया। क्या पापा को स्नेहा के बारे में पता चल गया?

माँ ने धीरे से कहा, "बेटा, हमें तुझसे ये उम्मीद नहीं थी। प्यार-व्यार के चक्कर में पड़कर अपने करियर से ध्यान मत हटाओ। हमने तुझे इसलिए नहीं पढ़ाया कि तू इन सब में लग जाए!"

शिव ने गहरी सांस ली। यही तो होता आया है—लड़कों से कहा जाता है कि वे जिम्मेदारियाँ निभाएँ, लेकिन क्या उन्हें अपने मन की करने का हक नहीं?

उसने खुद को शांत रखते हुए कहा, "माँ, पापा... स्नेहा सिर्फ मेरी दोस्त है। और प्यार करना कोई गुनाह नहीं है।"

पिता का चेहरा और सख्त हो गया। "गुनाह नहीं? ये सब लड़कियों के चोंचले हैं, लड़कों को करियर पर ध्यान देना चाहिए!"

शिव को झटका लगा। तो क्या लड़कों को प्यार करने का हक भी नहीं है?

शिव का मन अंदर से हिल गया। क्या सच में प्यार करना सिर्फ एक "चोंचला" था?

उसने हिम्मत जुटाकर कहा, "पापा, अगर प्यार करना गलत है, तो फिर दुनिया में रिश्ते कैसे बनते हैं? क्या आपने और माँ ने भी सिर्फ समाज के कहने पर शादी की थी?"

पिता भड़क उठे। "जब बड़े बोल रहे हों, तो बीच में मत बोल! तुम लोग आजकल के लड़के-लड़कियाँ कुछ भी कह देते हो। पहले अपने पैरों पर खड़े हो जाओ, फिर जो चाहो करना!"

शिव ने गहरी सांस ली। यही तो होता आया है—पहले पढ़ाई पूरी करो, फिर नौकरी लगाओ, फिर घर बसाओ, और जब तक सब कुछ पूरा हो, तब तक अपने मन की करने का समय ही नहीं बचता!

माँ ने धीरे से शिव का हाथ पकड़ा, उनकी आँखों में आँसू थे। "बेटा, हम तुझे गलत रास्ते पर जाते नहीं देख सकते। स्नेहा जैसी लड़कियाँ प्यार के नाम पर लड़कों को गुमराह कर देती हैं। हमें तुझसे बहुत उम्मीदें हैं..."

शिव का दिल टूट गया। यह कैसी सच्चाई थी? क्या माँ-बाप भी अपने बेटे की खुशियों को नहीं समझ सकते?

उसने कुछ कहने के लिए मुँह खोला ही था कि पिता ने सख्त लहजे में कहा—"अगर तुझे ये सब करना है, तो कल से अपनी पढ़ाई और घर के खर्चे खुद संभाल लेना!"

शिव चौंक गया। क्या प्यार करने का मतलब घर से निकाल दिया जाना था?

उसका मन भारी हो गया। क्या सच में समाज के बनाए नियम इतने कठोर होते हैं?

शिव के दिल में एक अजीब सा खालीपन था। क्या एक इंसान सिर्फ तभी अच्छा बेटा कहलाता है, जब वह बिना सवाल किए समाज की बातें मान ले?

उसने माँ की तरफ देखा। उनकी आँखों में ममता तो थी, लेकिन डर उससे भी ज्यादा था। वह जानता था कि माँ उससे प्यार करती हैं, लेकिन समाज के डर से पापा का साथ देने को मजबूर थीं।

शिव ने हल्के लेकिन ठोस लहजे में कहा, "पापा, मैं समझ सकता हूँ कि आपको मेरी फिक्र है, लेकिन क्या आपने कभी सोचा है कि मुझे क्या चाहिए?"

पिता ने तिरस्कार भरी नज़र से उसकी तरफ देखा, "तुझे क्या चाहिए? एक लड़की? ये दिखावे का प्यार?"

शिव की मुट्ठियाँ भिंच गईं। उसने अपनी भावनाओं को काबू में रखते हुए कहा, "मुझे सिर्फ स्नेहा नहीं चाहिए, मुझे मेरी खुद की पहचान चाहिए। और पहचान सिर्फ नौकरी से नहीं बनती, पापा। पहचान इस बात से बनती है कि इंसान खुद को कितना समझता है।"

पिता उसकी बातों से और गुस्से में आ गए, "अच्छा? ये ज्ञान स्नेहा ने दिया तुझे?"

माँ ने रोते हुए हाथ जोड़ लिए, "बेटा, घर में शांति रहने दे। अभी इन सब चीज़ों के बारे में मत सोच, पढ़ाई पर ध्यान दे। ये प्यार-व्यार बाद में भी हो सकता है।"

शिव ने माँ की तरफ देखा और दर्द भरी हँसी आई, "माँ, यही तो दिक्कत है। पहले कहा गया—'बचपन में मत सोचो, अभी खेलने-कूदने का समय है।' फिर कहा गया—'किशोरावस्था में मत सोचो, पढ़ाई पर ध्यान दो।' अब कहा जा रहा है—'जवानी में मत सोचो, करियर बना लो।' और जब करियर बन जाएगा, तब कहा जाएगा—'अब इन सबका समय चला गया!'"

कमरे में सन्नाटा छा गया। शिव की बातें जैसे हवा में ठहर गई थीं।

पिता ने गुस्से में कहा, "अगर तुझे ये सब करना है, तो ये घर छोड़ सकता है!"

शिव को झटका लगा। क्या सच में प्यार करने और अपने सपनों पर चलने की कीमत इतनी बड़ी थी?

वह एक पल के लिए चुप रहा, फिर सीधा अपने कमरे में चला गया। आज पहली बार उसे अपने ही घर में अजनबी होने का एहसास हो रहा था।

शिव अपने कमरे में आकर दरवाजा बंद कर चुका था। उसका दिल तेजी से धड़क रहा था, लेकिन दिमाग सुन्न पड़ गया था।

क्या सच में यही था उसका परिवार? जहाँ प्यार करना गुनाह था? जहाँ अपने सपनों को चुनना बगावत थी?

उसने अपने बचपन के हर लम्हे को याद किया—जब पहली बार उसने गिरकर घुटने छिलवा लिए थे, तब माँ ने प्यार से उसकी मरहम पट्टी की थी। जब पहली बार स्कूल में अव्वल आया था, तब पापा ने गर्व से उसकी पीठ थपथपाई थी। और आज? आज वही माँ-पापा उसे घर छोड़ने की धमकी दे रहे थे?

शिव ने धीरे से अपनी अलमारी खोली, जहाँ उसकी डायरी रखी थी। उसने पन्ने पलटे और अपनी ही लिखी बातें पढ़ने लगा—

"खुद को ढूँढना सबसे मुश्किल जंग होती है।"

उसकी आँखें भर आईं। क्या वह सच में गलत था?

तभी उसके फोन की स्क्रीन चमकी—स्नेहा का मैसेज आया था।

स्नेहा: "शिव, क्या तू ठीक है?"

शिव की उंगलियाँ स्क्रीन पर रुकी रहीं। क्या वह ठीक था? नहीं।

लेकिन क्या वह हार मानने वाला था? शायद नहीं।

उसने धीरे से जवाब टाइप किया—

"मैं नहीं जानता, लेकिन शायद अब मुझे खुद को साबित करना होगा।"

उसने फोन किनारे रखा और छत की तरफ देखा। आज वह किसी और से नहीं, बल्कि खुद से लड़ रहा था।

क्या वह इस लड़ाई को जीत पाएगा?

:

शिव ने फोन किनारे रख दिया और अपनी बंद मुठ्ठी को धीरे-धीरे खोला। उसके अंदर गुस्सा, दर्द और उलझनें सब एक साथ उमड़ रही थीं।

क्या वह सच में खुद को साबित कर सकता था?

क्या उसे सच में खुद को साबित करने की ज़रूरत थी?

"अगर यह मेरी ज़िंदगी है, तो क्या मुझे इसका हक नहीं है?" उसने खुद से सवाल किया।

तभी दरवाजे पर हल्की सी दस्तक हुई।

"शिव, बेटा..." यह माँ की आवाज़ थी।

शिव कुछ देर चुप बैठा रहा, फिर धीरे से दरवाजा खोला। माँ की आँखें सूजी हुई थीं, लेकिन उनके चेहरे पर वही पुराना ममता भरा भाव था।

"बेटा, तेरे पापा गुस्से में बहुत कुछ कह गए, लेकिन तू तो समझ सकता है ना?" माँ ने उसका हाथ पकड़कर कहा।

शिव की आँखों में दर्द झलक पड़ा, "क्या पापा भी मुझे समझ सकते हैं, माँ?"

माँ ने एक गहरी साँस ली, "बेटा, तेरा सपना, तेरा प्यार... हमें डर है कि ये तुझे भटका न दें। दुनिया बहुत कठिन है, और हम तुझे गिरते हुए नहीं देख सकते।"

शिव की आँखों में आँसू आ गए, "माँ, क्या दुनिया से लड़ने का हक सिर्फ बेटियों को है? क्या बेटों को अपने सपनों के लिए लड़ने की इजाजत नहीं?"

माँ चुप हो गईं। शायद पहली बार उन्होंने यह सवाल सुना था।

शिव ने धीरे से अपना हाथ छुड़ाया और कहा, "माँ, अगर आप सच में मेरा भला चाहती हैं, तो मुझे मेरा रास्ता खुद चुनने दें। मैं गिरूँगा, लेकिन खुद उठूँगा भी।"

माँ की आँखों में आँसू छलक पड़े।

उन्होंने धीरे से कहा, "शायद तेरा हक बनता है, शिव..."

यह कहकर माँ चली गईं, लेकिन शिव अब और मजबूत महसूस कर रहा था।

अब उसे पता था कि यह उसकी लड़ाई थी, और उसे इसे खुद लड़ना होगा।

रात गहरी हो चुकी थी, लेकिन शिव की आँखों में नींद नहीं थी। उसका मन अब भी उथल-पुथल में था।

माँ की बातें उसके दिल में गूँज रही थीं—"शायद तेरा हक बनता है, शिव..."

शायद यह पहली बार था जब किसी ने उसके फैसले को पूरी तरह नकारने के बजाय उसे खुद तय करने का हक़ दिया था। लेकिन पापा? क्या वह कभी उसे समझ पाएँगे?

शिव ने छत पर जाकर आसमान की ओर देखा। तारे चमक रहे थे, जैसे कोई इशारा कर रहे हों कि हर अंधेरी रात के बाद एक नई सुबह आती है।

वह जानता था कि यह सिर्फ घर की लड़ाई नहीं थी, यह खुद से लड़ाई थी।

तभी उसके फोन की घंटी बजी। स्नेहा का कॉल था।

शिव ने कॉल रिसीव की।

स्नेहा: "कैसा लग रहा है?"

शिव ने हल्की हँसी के साथ कहा, "जैसे कोई जंग जीतनी बाकी है।"

स्नेहा: "तो क्या तू इस जंग के लिए तैयार है?"

शिव ने गहरी साँस ली और जवाब दिया—

"हाँ, अब पीछे हटने का सवाल ही नहीं उठता।"

5

अकेले की राह

शिव ने सोचा था कि स्नेहा उसके हर संघर्ष में उसके साथ रहेगी। लेकिन शायद ज़िंदगी की असली परीक्षा यही होती है—जो चीज़ें हमें सबसे ज्यादा प्यारी होती हैं, क्या वे हमेशा हमारे साथ रहती हैं? कुछ दिनों से स्नेहा का व्यवहार बदलने लगा था। पहले वह हर बात पर हँसती थी, हर छोटी चीज़ को लेकर उत्साहित रहती थी, लेकिन अब उसकी आँखों में एक अनकहा डर था।

शिव यह सब महसूस कर रहा था, लेकिन पूछने की हिम्मत नहीं जुटा पा रहा था। एक दिन—वे कॉलेज के कैंपस में बैठे हुए थे। शिव ने धीरे से कहा—"स्नेहा, तुझसे एक बात पूछनी थी।" स्नेहा ने चौंककर उसकी तरफ देखा, फिर हल्की आवाज़ में कहा—"पूछ ना, लेकिन मैं पहले ही बता दूँ, शायद तुझे इसका जवाब पसंद न आए।" शिव को यह सुनकर अजीब लगा। "मतलब?" स्नेहा ने लंबी सांस ली और कहा—

"शिव, मेरे घर में मेरे और तेरे रिश्ते को लेकर बात हो रही है। मम्मी-पापा को यह बिल्कुल पसंद नहीं कि मैं तुझसे बात करूँ।"शिव को जैसे कोई झटका लगा। "पर क्यों?" "क्योंकि वे चाहते हैं कि मैं अपनी शादी के बारे में सोचूँ। वे कहते हैं कि लड़कियों को अपने सपनों और प्यार में उलझकर अपना भविष्य खराब नहीं करना चाहिए।" शिव चुप हो गया। यह वही बातें थीं, जो उसके घर में भी कही गई थीं। लेकिन उसे लगा था कि कम से कम स्नेहा इन सबसे अलग होगी। क्या वह भी हार मान

लेगी? शिव के अंदर कुछ टूटने लगा था। क्या स्नेहा भी अब उसके साथ नहीं रहेगी? उसने खुद को संभालते हुए पूछा, "तो अब तू क्या चाहती है, स्नेहा?" स्नेहा ने उसकी आँखों में देखा, फिर नजरें झुका लीं। "शिव, मैं नहीं जानती... लेकिन मैं अपने घरवालों को भी नहीं छोड़ सकती।" शिव की साँस अटक गई। यही तो सबसे बड़ा डर था—क्या प्यार और परिवार साथ नहीं चल सकते?

उसने स्नेहा का हाथ पकड़ते हुए कहा, "मैं तुझसे तेरा घर छोड़ने को नहीं कह रहा, बस इतना जानना चाहता हूँ कि तू सच में क्या चाहती है?"

स्नेहा ने धीमे से कहा, "मैं तुझे चाहती हूँ, शिव... लेकिन मुझे अपने परिवार की मर्जी के खिलाफ जाने की हिम्मत नहीं है।"

शिव ने गहरी सांस ली। तो क्या प्यार के लिए अकेले लड़ना पड़ेगा?

बारिश की हल्की बूँदें गिरने लगी थीं। कुछ ही दिनों पहले दोनों ने इसी बारिश में साथ खड़े होकर सपने देखे थे। आज वही बारिश थी, लेकिन सब कुछ बदल चुका था। स्नेहा ने हल्के से अपना हाथ छुड़ाया और बोली, "शिव, मैं तुझसे दूर नहीं जाना चाहती... लेकिन शायद हमें अब कम मिलना चाहिए।" शिव को लगा जैसे किसी ने उसका दिल निचोड़ दिया हो। "कम मिलना? मतलब?" स्नेहा की आँखों में आँसू थे, "मतलब, शायद अब हमें थोड़ा वक्त देना चाहिए... अलग-अलग।" शिव कुछ नहीं कह सका। आज वह पहली बार सच में अकेला महसूस कर रहा था।

शिव को ऐसा लग रहा था जैसे सारी दुनिया उसके खिलाफ हो गई हो। घरवालों ने पहले ही उसका साथ छोड़ दिया था, और अब स्नेहा भी उससे दूर जाने की बात कर रही थी। उसके दिल में एक अजीब सा डर बैठ गया। क्या प्यार और सपनों की लड़ाई में अंत में इंसान अकेला ही रह जाता है?

सामने खड़ी स्नेहा की आँखों में भी दर्द था, लेकिन उसने अपना फैसला कर लिया था। "शिव, तू समझ सकता है ना?" स्नेहा की आवाज़ कांप रही थी। शिव ने गहरी सांस ली और जबरदस्ती मुस्कुराने की कोशिश की। "हाँ, शायद समझ सकता हूँ।" लेकिन अंदर से वह खुद को खोता जा रहा था। "हम बात तो करते रहेंगे ना?" स्नेहा ने उम्मीद से

पूछा। शिव ने थोड़ी देर तक उसकी आँखों में देखा और हल्की आवाज़ में कहा, "शायद..." स्नेहा कुछ पल चुप रही, फिर धीरे-धीरे वहाँ से चली गई। शिव वहीं खड़ा रह गया—अकेला, चुप, और टूटता हुआ। आज उसने महसूस किया कि अकेले चलने की राह जितनी बाहर से मजबूत दिखती है, उतनी ही अंदर से तकलीफ देती है। बारिश अब भी हो रही थी, लेकिन अब शिव को उससे कोई फर्क नहीं पड़ता था। वह जानता था कि अब उसे सिर्फ अपने लिए जीना होगा। शिव की असली जंग अब शुरू थी। स्नेहा चली गई, लेकिन उसकी यादें शिव के दिल में जिंदा थीं। हर जगह, हर बात उसे उसी की याद दिला रही थी।

कॉलेज में वह जिस कुर्सी पर बैठती थी,

वह गली जहाँ वे साथ चलते थे,

वह किताब जिसमें उसने मस्ती में कुछ लिखा था...

सब कुछ शिव को अंदर तक तोड़ रहा था। क्या प्यार सच में इतना कमजोर होता है कि समाज के डर से मिट जाए? उसने खुद को समझाने की बहुत कोशिश की, लेकिन उसकी आँखों में आँसू आ गए। पहली बार उसने खुद को इतना अकेला महसूस किया।

परिवार ने छोड़ा, स्नेहा ने छोड़ा—अब क्या? क्या उसने सच में कोई गलती की थी?

क्या प्यार और सपनों को साथ रखना इतना मुश्किल था? या फिर वह सच में गलत रास्ते पर था? नहीं। शिव ने अपनी आँखें पोंछी और खुद से कहा—

"अगर दुनिया मेरे फैसले के खिलाफ है, तो मुझे खुद को इतना मजबूत बनाना होगा कि दुनिया भी झुक जाए!"

अब शिव की असली जंग शुरू हो चुकी थी।

6

अकेले की ताकत

रात गहरी हो चुकी थी। शिव अपने कमरे में बैठा खिड़की के बाहर देख रहा था। सारा शहर सो चुका था, लेकिन उसकी आँखों में नींद का नामोनिशान नहीं था। ठंडी हवा उसके चेहरे को छूकर गुजर रही थी, लेकिन उसे कोई अहसास नहीं हो रहा था।

कमरे की बत्ती बंद थी। बस स्ट्रीट लाइट की हल्की रोशनी अंदर आ रही थी, जो उसकी छाया को दीवार पर बना रही थी। उसे लग रहा था जैसे वह खुद को देख रहा हो—अकेला, खोया हुआ, और बेबस।

उसका फोन साइड में पड़ा था, स्क्रीन बार-बार चमक रही थी। वह स्नेहा का नंबर देख रहा था, लेकिन उसे कॉल करने की हिम्मत नहीं जुटा पा रहा था। क्या वह सच में उससे बात करना चाहता था?

लेकिन सवाल यह था कि क्या स्नेहा भी बात करना चाहती थी?

शिव ने गहरी साँस ली और अपना फोन बंद कर दिया। वह जानता था कि अब उसकी ज़िंदगी पहले जैसी नहीं रही। वह अकेला था—बिल्कुल अकेला।

शिव ने तकिए के नीचे से अपनी डायरी निकाली। यह वही डायरी थी, जिसमें उसने अपने सपनों, उम्मीदों और जीवन के लक्ष्यों के बारे में लिखा था।

वह धीरे-धीरे पन्ने पलटने लगा। हर पेज पर उसकी पुरानी बातें थीं—"मैं एक सफल लेखक बनूँगा," "मैं दुनिया को अपनी कहानियों से

बदल दूँगा," "एक दिन सब मुझे मेरे नाम से जानेंगे।"

लेकिन आज वह इन शब्दों को देखकर खुद को बेगाना महसूस कर रहा था।

क्या ये सपने अब भी उतने ही मजबूत थे?

क्या उनमें अब भी वही जुनून बाकी था?

उसने कलम उठाई और डायरी के कोरे पन्ने पर लिखा—

"जब अपने ही सपने पर शक होने लगे, तो क्या करना चाहिए?"

शिव कुछ देर तक पेन को घुमाता रहा। कोई जवाब नहीं मिला।

शिव ने डायरी बंद कर दी और सिर पीछे टिका लिया। कमरे में घना अंधेरा था, लेकिन उसके मन का अंधेरा उससे भी गहरा था।

पिछले कुछ दिनों में उसकी ज़िंदगी पूरी तरह बदल चुकी थी। घरवालों से दूर, स्नेहा से दूर, और अब अपने ही सपनों से भी दूर।

तभी बाहर से किसी के झगड़ने की आवाज़ आई। पड़ोसी के घर में शायद पति-पत्नी में झगड़ा हो रहा था। "मैंने तुम्हारे लिए सब कुछ किया, और तुम मुझ पर ही इल्ज़ाम लगा रहे हो?" औरत की आवाज़ गूंज रही थी।

शिव को यह सुनकर अजीब लगा।

"क्या हर रिश्ते का यही अंत होता है?"

"क्या प्यार और संघर्ष साथ नहीं चल सकते?"

उसने अपना फोन उठाया, फिर से स्नेहा का नंबर देखा। उसकी उंगलियाँ कॉल बटन तक गईं, लेकिन वह वहीं रुक गया।

क्या वह अब भी स्नेहा से उम्मीद कर रहा था?

नहीं। अब उसे खुद को ही जवाब देना था।

वह उठा, आईने के सामने गया और खुद से सवाल किया—

"अब क्या?"

आईने में उसका चेहरा थका हुआ, उदास, और कमजोर लग रहा था। लेकिन उसकी आँखों में अब भी एक छोटी सी चमक थी।

"शायद अकेले ही आगे बढ़ना होगा।"

शिव आईने के सामने खड़ा था, लेकिन उसे खुद को देखना अच्छा नहीं लग रहा था।

"क्या मैं वाकई हार चुका हूँ?"

यह सवाल उसके दिमाग में गूँज रहा था। उसने गहरी सांस ली और अपने चेहरे को गौर से देखा। आँखों के नीचे हल्के काले घेरे आ चुके थे। नींद पूरी न होने का असर उसके चेहरे पर साफ दिख रहा था।

उसने नल खोलकर ठंडे पानी से अपना चेहरा धोया। शायद इससे कुछ हल्का महसूस हो।

लेकिन नहीं, यह अकेलापन कहीं ज्यादा गहरा था।

शिव वापस अपने कमरे में गया और खिड़की के पास बैठ गया। बाहर हल्की बारिश शुरू हो गई थी।

बारिश की हर बूंद उसके दिल के अंदर तक जा रही थी।

"स्नेहा को बारिश बहुत पसंद थी..."

सोचते ही उसका दिल एक पल के लिए रुक सा गया। यादें अब भी पीछा नहीं छोड़ रही थीं।

लेकिन अब वो यादों में नहीं जी सकता था।

उसे खुद के लिए खड़ा होना था।

बारिश की बूँदें खिड़की के शीशे से टकरा रही थीं, और शिव की उंगलियाँ शीशे पर अनजाने में कुछ लकीरें खींचने लगीं।

"क्या अकेलापन हमेशा के लिए रहेगा?"

उसने खुद से यह सवाल कई बार किया था, लेकिन आज इसका जवाब खोजना ज़रूरी था।

तभी कमरे के दरवाजे पर हल्की दस्तक हुई। वह चौंका।

"शिव... बेटा, सो गया क्या?" माँ की आवाज़ थी।

शिव ने कोई जवाब नहीं दिया।

कुछ देर की खामोशी के बाद माँ चली गईं।

शिव ने अपनी आँखें बंद कर लीं। क्या माँ समझ सकती थीं कि वह किस दर्द से गुजर रहा है?

उसे याद आया कि जब वह छोटा था और रात में डर के कारण जाग जाता था, तब माँ उसके सिर पर हाथ रखकर कहती थीं, "डर मत बेटा, मैं हूँ न!"

आज वह यही शब्द सुनना चाहता था, लेकिन अब हालात बदल चुके थे।

अब उसे खुद को संभालना था।

शिव खिड़की से बाहर देखता रहा। बारिश तेज़ हो गई थी, और उसके मन में अजीब सी हलचल थी।

माँ शायद अब तक अपने कमरे में जा चुकी थीं। उन्हें लगा होगा कि उनका बेटा सो गया, लेकिन शिव के अंदर एक तूफान जाग रहा था।

उसने अपनी डायरी फिर से खोली।

"क्या अकेलेपन को मैं अपनी ताकत बना सकता हूँ?"

यह सवाल उसने खुद से पहले कभी नहीं पूछा था।

अभी तक अकेलापन उसे अंदर से खा रहा था, लेकिन शायद वह इसे अपनी ताकत बना सकता था।

उसने पेन उठाया और लिखा—

"शायद यही समय है खुद को साबित करने का। शायद यही मौका है अपनी असली पहचान खोजने का।"

शिव ने पेन नीचे रखा और एक लंबी सांस ली।

"अब बदलाव लाना होगा।"

शिव ने डायरी बंद कर दी और धीरे-धीरे खड़ा हुआ। कमरे में अब भी हल्का अंधेरा था, लेकिन उसके मन के अंधेरे में हल्की रोशनी सी महसूस हुई।

उसने खिड़की के बाहर देखा—बारिश अब भी हो रही थी, लेकिन अब वह उसे किसी दर्द की तरह नहीं, बल्कि एक नई शुरुआत की तरह महसूस हो रही थी।

"क्या मैं सच में हार सकता हूँ?"****"या फिर यह मेरी सबसे बड़ी परीक्षा है?"

शिव ने खुद से यह सवाल किया और इस बार जवाब भी उसे मिला—

"नहीं, मैं नहीं हार सकता।"

पहली बार उसने महसूस किया कि शायद यह अकेलापन उसे मजबूत बनाने के लिए आया है।

वह बिस्तर पर बैठा, लेकिन इस बार बोझिल मन से नहीं, बल्कि एक नए इरादे के साथ।

अब यह सफर उसका अकेला सफर था, लेकिन शायद इसी अकेलेपन में वह खुद को खोज पाएगा।

शिव ने धीरे-धीरे खिड़की से नजरें हटा लीं और कमरे में वापस आकर बिस्तर पर बैठ गया। बाहर बारिश अब भी हो रही थी, लेकिन अब वह उसे उतनी दुखदायी नहीं लग रही थी। क्या यह बारिश सच में उसके अंदर की उथल-पुथल का प्रतिबिंब थी?

वह कुछ पल तक छत की ओर देखता रहा। इतना कुछ बदल गया था, लेकिन क्या वह खुद को बदलने के लिए तैयार था?

उसने फोन उठाया और स्नेहा के आखिरी मैसेज को फिर से पढ़ा—

"शिव, मुझे लगता है कि हमें अब अपनी राहें अलग कर लेनी चाहिए। तुम्हारे और मेरे सपने अलग हैं, और हमें अपने रास्ते खुद चुनने चाहिए।"

ये शब्द सीधे उसकी आत्मा में उतर गए थे। क्या वह सच में स्नेहा के बिना जी सकता था?

शिव ने जवाब टाइप किया—

"शायद तू सही कह रही है... लेकिन क्या कभी किसी को छोड़ देना ही सही फैसला होता है?"

उसने कुछ देर तक स्क्रीन को घूरा, लेकिन फिर मैसेज डिलीट कर दिया। अब वह जवाबों की तलाश खुद करेगा।

शिव ने फोन धीरे से टेबल पर रख दिया। अब वह समझ चुका था कि उसे किसी जवाब की जरूरत नहीं थी।

जो हुआ, उसे बदला नहीं जा सकता था। अब सवाल यह था कि आगे क्या?

कमरे में हल्का अंधेरा था। घड़ी की सुइयाँ धीरे-धीरे आगे बढ़ रही थीं, लेकिन उसे ऐसा लग रहा था जैसे समय वहीं ठहर गया हो।

वह उठा और अलमारी से अपनी पुरानी किताबें निकालीं। इनमें वे किताबें थीं जो उसे प्रेरित करती थीं—सफल लोगों की कहानियाँ, संघर्ष की गाथाएँ, उन लोगों की ज़िंदगियाँ जिन्होंने कठिनाइयों को हराया।

"क्या वे भी कभी अकेले थे?"

उसने खुद से यह सवाल किया और जवाब साफ था—हाँ।

हर सफल इंसान ने कभी न कभी यह दौर झेला था।

शायद यह भी शिव के सफर का एक जरूरी हिस्सा था।

उसने धीरे-धीरे किताब का एक पन्ना खोला और पढ़ना शुरू किया।

पहली बार, उसे महसूस हुआ कि शायद अकेलापन उसका सबसे बड़ा दुश्मन नहीं, बल्कि सबसे अच्छा शिक्षक था।

शिव किताब के पन्नों में खोया रहा, लेकिन मन अब भी बेचैन था। वह पढ़ने की कोशिश कर रहा था, लेकिन हर कुछ मिनटों में उसकी नज़रें दीवार पर टंगे उस कैलेंडर पर चली जातीं, जहाँ कुछ दिन पहले तक उसने स्नेहा के साथ बिताए गए खास दिनों को मार्क किया था।

"क्या यादों से भागा जा सकता है?"

शिव ने खुद से यह सवाल किया और जवाब तलाशने के लिए अपनी डायरी खोली।

यह वही डायरी थी जिसमें उसने कुछ महीने पहले लिखा था—

"प्यार और सपने एक साथ चल सकते हैं।"

आज यह लाइन उसे अजनबी लग रही थी।

क्या यह सिर्फ एक भ्रम था?

क्या प्यार हमेशा ही एक नाजुक कांच की तरह होता है, जो हल्का सा झटका लगते ही टूट जाता है?

शिव ने गहरी सांस ली और धीरे-धीरे लिखना शुरू किया—

"शायद कुछ चीज़ें हमेशा के लिए नहीं होतीं। लेकिन जो भी होता है, वह हमें एक नया रास्ता दिखाने के लिए होता है।"

उसने डायरी बंद की और बिस्तर पर लेट गया।

आज पहली बार उसे महसूस हुआ कि शायद वह सही दिशा में बढ़ रहा था।

शिव छत की ओर देखता रहा। कमरे में हल्का अंधेरा था, लेकिन उसकी आँखों के सामने गुज़रा हुआ समय किसी फिल्म की तरह चल रहा था।

स्नेहा से पहली मुलाकात, पहली दोस्ती, पहली बार उसने उसे देखकर सोचा था कि "शायद यही है जो मेरी ज़िंदगी को पूरा कर सकती है।"

लेकिन आज?

आज वही इंसान उसकी ज़िंदगी से दूर जा चुका था।

"क्या मैंने ही उसे जाने दिया? या फिर वह खुद चली गई?"

शिव को यह सवाल परेशान कर रहा था, लेकिन अब वह जवाब खोजने की कोशिश नहीं कर रहा था।

उसने धीरे-धीरे आँखें बंद कीं और सोने की कोशिश की।

पर नींद नहीं आई।

यह अकेलापन अब भी उसके दिल में कहीं अंदर तक धँसा हुआ था।

"क्या यह हमेशा रहेगा?"

शिव ने करवट बदली और तकिए पर सिर रख लिया। नींद अब भी कोसों दूर थी।

"क्या अकेले रहना सच में इतना मुश्किल होता है?"

उसका मन बार-बार उसे अतीत में खींचकर ले जा रहा था।

उसे याद आया कि जब पहली बार उसने स्नेहा से अपने सपनों के बारे में बात की थी, तब उसने कहा था—

"अगर कोई चीज़ दिल से चाहो, तो उसके लिए लड़ना भी सीखना पड़ेगा, शिव।"

आज वही शब्द उसके मन में गूँज रहे थे।

"क्या स्नेहा चाहती थी कि मैं अपने सपने के लिए लड़ूँ?"

पर लड़ना किससे था?

समाज से?

परिवार से?

या खुद से?

शायद सबसे बड़ी लड़ाई खुद के अंदर ही लड़ी जाती है।

शिव ने गहरी सांस ली और आँखें बंद कर लीं।

"अब पीछे नहीं हट सकता।"

शिव की आँखें बंद थीं, लेकिन मन में एक तूफान था।

वह सोच रहा था कि क्या सच में अकेलापन उसे मजबूत बना सकता है?

उसने धीरे से अपनी डायरी खोली और एक नया पेज पलटा।

"क्या अकेलापन कमजोरी है या ताकत?"

उसने कलम उठाई और लिखना शुरू किया—

"शायद यह हमारी सोच पर निर्भर करता है। अगर हम इसे दर्द समझेंगे, तो यह हमें तोड़ेगा। लेकिन अगर इसे एक अवसर की तरह देखेंगे, तो यह हमें खुद को जानने का मौका देगा।"

शिव ने पेन नीचे रखा और हल्की मुस्कान आई।

आज पहली बार उसे लगा कि शायद यह अकेलापन उसका दुश्मन नहीं, बल्कि उसका सबसे बड़ा साथी है।

उसे अब अपनी राह खुद बनानी थी।

और वह इसके लिए तैयार था।

शिव ने डायरी बंद की और खिड़की के पास जाकर खड़ा हो गया। बाहर अब भी बारिश हो रही थी, लेकिन अब उसे ये बूँदें ठंडक नहीं दे रही थीं।

उसके अंदर कुछ बदल रहा था।

पहले वह सोचता था कि अकेलापन सिर्फ दर्द देता है, लेकिन आज उसे लगा कि यह हमें खुद को समझने का समय भी देता है।

उसने खिड़की से नजरें हटाईं और कमरे में चारों ओर देखा।

"क्या मैं सच में इस दर्द को बदल सकता हूँ?"

कुछ देर तक वह चुपचाप खड़ा रहा, फिर उसने अपनी अलमारी से एक पुरानी फाइल निकाली।

यह वही फाइल थी जिसमें उसने अपनी कहानियाँ लिखी थीं, अपने सपनों की रूपरेखा बनाई थी।

उसने फाइल के पन्ने पलटे।

कुछ कहानियाँ अधूरी थीं।

कुछ सपने अधूरे थे।

पर क्या वह इन्हें छोड़ सकता था?

"अगर मैं खुद को साबित नहीं कर पाया, तो यह अकेलापन हमेशा मेरा दुश्मन बना रहेगा।"

उसने फाइल मेज़ पर रख दी और कुर्सी पर बैठकर गहरी सांस ली।

"अब मुझे रुकना नहीं है।"

अब उसे अपने अकेलेपन से भागना नहीं था, बल्कि उसे अपनी ताकत बनाना था।

शिव ने पहली बार अकेलेपन को गले लगाया, लेकिन इस बार कमजोरी की तरह नहीं, बल्कि अपनी सबसे बड़ी ताकत की तरह।

शिव ने अपनी फाइल खोली और एक पुरानी अधूरी कहानी पर नज़र डाली। यह कहानी उसने महीनों पहले शुरू की थी, लेकिन तब स्नेहा थी, परिवार की उम्मीदें थीं, और दुनिया के ताने थे—इसलिए यह अधूरी रह गई थी।

लेकिन अब?

अब उसके पास कोई नहीं था जो उसे रोक सके।

कोई यह कहने वाला नहीं था कि "ये सब फालतू है, करियर पर ध्यान दो!"

कोई यह कहने वाला नहीं था कि "तुम्हें ये सब करने की जरूरत नहीं, बस नौकरी ढूंढो और ज़िंदगी बिता दो!"

अब शिव अकेला था, पर पहली बार उसे यह अकेलापन सही लग रहा था।

उसने पेन उठाया और अधूरी कहानी का पहला शब्द लिखा।

शब्दों के साथ उसके अंदर दबी सारी भावनाएँ बाहर आने लगीं—गुस्सा, दर्द, प्यार, पछतावा, और सबसे ऊपर, एक नई शुरुआत की आग।

शिव लिखता गया, बिना रुके, बिना सोचे।

पहली बार उसने महसूस किया कि शायद स्नेहा का जाना, परिवार से दूर हो जाना, और यह अकेलापन—यह सब उसे खुद को खोजने के लिए मिला था।

वह अब और नहीं रुकेगा।

अब उसकी जंग सिर्फ समाज से नहीं, बल्कि खुद से थी।

"अब मुझे दुनिया को नहीं, खुद को साबित करना है।"

शिव की कलम रुकी नहीं, और उस रात पहली बार उसे अकेलापन महसूस नहीं हुआ।

शब्द कागज़ पर उतरते जा रहे थे, लेकिन इस बार वे किसी बोझ की तरह नहीं थे, बल्कि एक नई आज़ादी की तरह।

शिव पहली बार बिना किसी डर, बिना किसी दबाव के लिख रहा था।

उसे अहसास हुआ कि जब तक वह किसी और के हिसाब से चलता रहेगा, तब तक वह अधूरा रहेगा।

स्नेहा का जाना, परिवार की उम्मीदों का बोझ, समाज की बातें—ये सब उसे रोकने के लिए नहीं थे, बल्कि उसे मजबूत बनाने के लिए थे।

शिव ने लिखना बंद किया और पीछे बैठकर गहरी सांस ली।

"क्या मैं सच में अब पहले से अलग हूँ?"

उसने आईने में खुद को देखा।

चेहरा वही था, लेकिन आँखों में कुछ बदल गया था।

पहले जो दर्द था, वह अब एक चिंगारी में बदल चुका था।

वह अब सिर्फ जीने के लिए नहीं, बल्कि कुछ बड़ा करने के लिए तैयार था।

शिव ने अपनी डायरी में लिखा—

"जो अकेलापन कभी मेरा सबसे बड़ा डर था, वही अब मेरी सबसे बड़ी ताकत है।"

अब वह उस दुनिया से लड़ने के लिए तैयार था, जिसने उसे कमजोर समझा था।

अब वह खुद को जीतने के सफर पर था।

शिव की आँखें अब भी आईने पर टिकी थीं। क्या यह वही शिव था जो कुछ दिन पहले खुद को टूटा हुआ महसूस कर रहा था?

अब उसमें एक नई ऊर्जा थी, एक नई आग, जो उसे आगे बढ़ने के लिए मजबूर कर रही थी।

उसने कमरे में नजर दौड़ाई। यह वही जगह थी जहाँ वह घंटों बैठकर अपने अकेलेपन पर रोता था, लेकिन आज वह खुद को अलग महसूस कर रहा था।

"क्या अकेलापन सच में बुरा होता है?"

उसने खुद से यह सवाल किया और इस बार जवाब मिला—"नहीं, यह बुरा नहीं होता। यह सिर्फ हमें खुद से मिलाने का एक तरीका है।"

शिव ने अपनी डायरी खोली और लिखा—

"आज मैंने खुद को पाया है। मैंने समझा कि मुझे किसी के सहारे की जरूरत नहीं है। अब मैं अपने लिए जीऊँगा, अपने सपनों के लिए लड़ूँगा।"

अब उसका सफर शुरू हो चुका था।

अब शिव अकेला नहीं था, क्योंकि अब उसके पास उसकी खुद की ताकत थी।

7

नई राह, नया सफर

शिव ने अब खुद को बदलने का फैसला कर लिया था। अकेलापन अब उसके लिए कमजोरी नहीं, बल्कि ताकत बन चुका था। लेकिन क्या यह सफर आसान होगा? नहीं। असली लड़ाई तो अब शुरू हुई थी—अपने सपनों के लिए, अपने अस्तित्व के लिए, और उस समाज के खिलाफ जिसने उसे कमजोर समझा था। उसने पहली बार बिना किसी डर के अपनी डायरी में लिखा—

"अब मैं खुद के लिए जिऊँगा।" पर सवाल यह था—कैसे?

शिव सुबह जल्दी उठा। यह पहला दिन था जब उसने खुद को नया महसूस किया।

कमरे में हल्की रोशनी फैली थी, और खिड़की से आती ताज़ी हवा ने उसके मन को हल्का कर दिया। उसने अपनी डायरी खोली और खुद से वादा किया— "अब मैं अपने सपनों की राह पर अकेला चलूँगा, लेकिन मजबूती के साथ!" लेकिन जैसे ही वह कमरे से बाहर निकला, दुनिया अब भी वही थी।

पिता का वही कठोर रवैया, माँ की आँखों में वही चिंता, पड़ोसियों की वही बातें—

"क्या कर रहा है लड़का?"

"कोई काम-धंधा करेगा या बस सपनों में ही जिएगा?"

शिव ने पहली बार इन सब पर ध्यान नहीं दिया।

आज वह सिर्फ एक ही चीज़ के बारे में सोच रहा था—खुद को साबित करने के बारे में।

शिव बिना कुछ कहे घर से बाहर निकल गया। वह तेज़ कदमों से चल रहा था, लेकिन अंदर ही अंदर एक अजीब सा दबाव महसूस कर रहा था।

क्या सच में यह सफर आसान होगा?

क्या बिना किसी सहारे के आगे बढ़ा जा सकता है?

उसके पास अब न स्नेहा थी, न परिवार का सपोर्ट, और न ही कोई दोस्त जो उसे समझ सके।

लेकिन अब उसे किसी की जरूरत भी नहीं थी।

वह बस एक ही चीज़ चाहता था—अपने सपनों को सच करना, खुद को साबित करना।

शिव ने एक कैफे में जाकर अपनी नोटबुक निकाली और लिखना शुरू किया। पहली बार, उसने किसी और के लिए नहीं, बल्कि खुद के लिए लिखा। शब्द तेज़ी से पन्नों पर उतरते गए। हर वाक्य के साथ उसका आत्मविश्वास बढ़ता जा रहा था। अब यह सिर्फ एक सपना नहीं था। यह उसकी नई ज़िंदगी की शुरुआत थी। शिव लिखता गया, बिना रुके, बिना किसी डर के। पहली बार, उसे ऐसा लग रहा था कि शब्दों के ज़रिए वह खुद को फिर से बना रहा है। हर लाइन में उसका दर्द था, उसकी तकलीफें थीं, लेकिन सबसे ज्यादा उसमें उसकी नई ताकत थी। "मैं कमजोर नहीं हूँ। मैंने अकेलेपन को हराया है, और अब मैं अपने लिए जिऊँगा।" कैफे में उसके आसपास लोग थे, लेकिन वह अब भी अकेला था—पर इस बार यह अकेलापन उसे मजबूत बना रहा था। शिव ने एक लंबी सांस ली और अपनी नोटबुक बंद की। "पहला कदम उठ चुका है, अब पीछे मुड़ने का कोई सवाल ही नहीं है।" उसने अपनी नोटबुक को ध्यान से देखा और खुद से कहा— "अब मैं रुकने वाला नहीं।"

शिव ने अपनी नोटबुक को कसकर पकड़ा। यह सिर्फ कागज़ के पन्ने नहीं थे, यह उसका जुनून, उसका संघर्ष और उसका सपना था।

लेकिन सवाल यह था—अब आगे क्या?

क्या सिर्फ लिखने से सपने पूरे हो जाते हैं?

क्या दुनिया उसे स्वीकार करेगी?

शिव ने गहरी सांस ली। "मैं बस कोशिश कर सकता हूँ, हार मानना अब ऑप्शन नहीं है।"****"मुझे खुद को साबित करना होगा।"

वह कैफे से बाहर निकला।

हवा में हल्की ठंडक थी, लेकिन उसके अंदर एक नई आग जल रही थी।

आज पहली बार उसे अहसास हुआ कि शायद सफलता अकेलेपन के बाद ही मिलती है।

शिव कैफे से बाहर निकला और तेज़ कदमों से सड़क पर चलता रहा।

हर तरफ लोग अपने-अपने कामों में व्यस्त थे, किसी को उसकी परवाह नहीं थी। और अब उसे भी किसी की परवाह नहीं थी।

पहले वह सोचता था कि दुनिया उसे समझेगी, पर अब उसे एहसास हो गया था कि दुनिया सिर्फ नतीजों को देखती है, संघर्ष को नहीं।

"अगर मैं सफल हो गया, तो यही लोग मेरी तारीफ करेंगे, और अगर नहीं हुआ, तो कोई याद भी नहीं करेगा।"

शिव के कदम अब और तेज़ हो गए।

उसे कहीं पहुँचना था, लेकिन सबसे पहले उसे खुद के अंदर उस जगह तक पहुँचना था जहाँ डर खत्म हो जाता है।

उसने एक चौराहे पर रुककर गहरी सांस ली।

"अब मैं अपने लिए जीऊँगा, अपने सपनों के लिए।"

यह पहली बार था जब उसने यह बात पूरी सच्चाई से महसूस की।

शिव चौराहे पर खड़ा था, चारों ओर भागती-दौड़ती ज़िंदगी को देख रहा था।

लोग अपने-अपने रास्तों पर थे, कोई ऑफिस जा रहा था, कोई बाज़ार की ओर, और कोई बेपरवाह अपनी दुनिया में खोया था।

लेकिन शिव?

वह अब भी अपनी राह खोज रहा था।

उसने अपनी नोटबुक को कसकर पकड़ लिया। यह उसकी पहचान थी, उसका सपना था।

उसने मन ही मन सोचा, "अगर मुझे कुछ बड़ा करना है, तो अब इसे सिर्फ कागज़ तक सीमित नहीं रखना है।"

उसे अपनी कहानियों को लोगों तक पहुँचाना था।

पर कैसे?

क्या कोई उसकी कहानी पढ़ेगा? क्या कोई उसके शब्दों को समझेगा?

या फिर यह भी बस अधूरे सपनों की तरह खो जाएगा?

लेकिन फिर उसने खुद को रोका।

"अगर मैंने कोशिश ही नहीं की, तो मैं हार पहले ही मान चुका हूँ।"

शिव ने पहली बार खुद पर भरोसा किया।

अब उसे किसी की मंज़ूरी की ज़रूरत नहीं थी, बस खुद को आगे बढ़ाने की हिम्मत चाहिए थी।

"शुरुआत छोटी होगी, लेकिन यह सफर बड़ा बनेगा!"

शिव ने एक ठंडी सांस ली और आगे बढ़ गया।

अब वह सिर्फ सोच नहीं रहा था, अब वह अपने सपने को हकीकत में बदलने के लिए कदम बढ़ा चुका था।

उसके दिमाग में एक ही सवाल था—"मुझे अपनी कहानियों को कहाँ भेजना चाहिए?"

क्या किसी पत्रिका में?

क्या सोशल मीडिया पर?

या किसी पब्लिशर के पास?

उसने अपनी जेब से फोन निकाला और जल्दी-जल्दी कुछ नाम सर्च करने लगा—"नई लेखकों के लिए प्लेटफॉर्म," "कहानी कैसे पब्लिश करें," "पहली किताब कैसे छपवाएँ?"

स्क्रीन पर कई ऑप्शन आए। कुछ ऑनलाइन ब्लॉग्स थे, कुछ पत्रिकाओं की वेबसाइट्स, और कुछ ऐसे प्लेटफॉर्म जहाँ नए लेखक अपनी कहानियाँ भेज सकते थे।

"यही सही मौका है। मुझे शुरुआत करनी होगी!"

उसने अपनी सबसे अच्छी कहानी चुनी और एक ऑनलाइन मैगज़ीन की वेबसाइट पर सबमिट कर दी।

अब इंतज़ार था...

क्या उसकी कहानी स्वीकार होगी?

या फिर यह भी अनदेखी कर दी जाएगी?

शिव ने फोन बंद किया और लंबी सांस ली।

आज पहली बार उसने खुद को साबित करने के लिए एक कदम उठाया था।

अब सफर शुरू हो चुका था।

शिव ने कहानी सबमिट कर दी थी, लेकिन मन अब भी बेचैन था।

क्या उसकी कहानी किसी को पसंद आएगी?

क्या कोई उसे नोटिस करेगा?

उसके अंदर उम्मीद और डर दोनों थे।

"अगर मेरी कहानी रिजेक्ट हो गई, तो क्या होगा?"

लेकिन फिर उसने खुद से कहा, "अगर मैंने डर के कारण कोशिश ही नहीं की, तो मैं पहले ही हार चुका हूँ।"

उसने कॉफी का एक घूंट लिया और अपनी नोटबुक दोबारा खोली।

"एक कहानी खत्म नहीं हुई, यह तो बस शुरुआत है!"

उसने बिना समय गंवाए एक नई कहानी लिखनी शुरू कर दी।

अब वह इंतज़ार नहीं करेगा, अब वह लगातार प्रयास करेगा।

पहली कहानी छपे या न छपे, लेकिन उसकी मेहनत रुकेगी नहीं।

शिव पहली बार सच में आगे बढ़ चुका था।

शिव लिखता गया, बिना रुके, बिना थके।

हर शब्द के साथ उसे लग रहा था कि वह खुद को फिर से बना रहा है।

पहले जब वह लिखता था, तो उसे स्नेहा से चर्चा करनी पड़ती थी। परिवार के ताने सुनने पड़ते थे। लेकिन अब?

अब कोई रोकने वाला नहीं था।

अब सिर्फ वह था और उसका सपना।

उसने नई कहानी पूरी की और तुरंत दूसरी पत्रिका की वेबसाइट पर भेज दी।

अब वह सिर्फ एक मौके का इंतज़ार नहीं कर रहा था, अब वह लगातार मौके बना रहा था।

शिव को अब फर्क नहीं पड़ता था कि पहली कहानी रिजेक्ट होती है या स्वीकार।

"अगर एक बंद होगा, तो मैं दूसरा दरवाज़ा खोल दूँगा।"

यह सोचते ही उसके चेहरे पर हल्की मुस्कान आ गई।

शायद पहली बार, उसे लगा कि उसने सही रास्ता चुन लिया है।

शिव अब बदल चुका था।

जहाँ पहले वह रिजेक्शन से डरता था, अब वह उसे अपनी ताकत बना रहा था।

हर दिन वह एक नई कहानी लिखता, उसे कहीं न कहीं भेजता, और अगले मौके की तलाश में लग जाता।

"अगर एक रास्ता बंद होगा, तो दूसरा खुलेगा। मैं बस चलते रहूँगा!"

लेकिन सफर आसान नहीं था।

पहली कहानी के बाद दूसरी, फिर तीसरी— हर जगह से कोई जवाब नहीं आ रहा था।

कभी-कभी मन में सवाल उठता—"क्या मैं सही कर रहा हूँ?"

पर अब वह पीछे हटने वालों में से नहीं था।

उसने खुद से वादा किया था—

"जब तक मेरी कहानियाँ इस दुनिया तक नहीं पहुँचतीं, मैं हार नहीं मानूँगा!"

शिव की कहानियाँ अब तक कई जगह भेजी जा चुकी थीं, लेकिन कहीं से कोई जवाब नहीं आया था।

"क्या मैं सच में अच्छा लिख रहा हूँ?"

यह सवाल उसके दिमाग में बार-बार आता, लेकिन इस बार उसने इसे अपने जुनून पर हावी नहीं होने दिया।

उसने इंटरनेट पर सफल लेखकों की कहानियाँ पढ़नी शुरू कीं—

"पहली बार में कोई सफल नहीं होता।"

"हर महान लेखक को रिजेक्शन झेलना पड़ा है।"

"अगर तुम हार मान लोगे, तो कभी आगे नहीं बढ़ पाओगे!"

शिव को अब समझ में आ रहा था कि यह सफर धैर्य का है।

"हर दिन थोड़ा-थोड़ा बेहतर बनूँगा, और एक दिन मेरी मेहनत रंग लाएगी!"

वह फिर से अपनी डायरी लेकर बैठ गया और एक नई कहानी लिखने लगा।

अब वह इंतजार नहीं कर रहा था, अब वह सिर्फ आगे बढ़ रहा था!

रात के 2 बजे थे। पूरा शहर सो रहा था, लेकिन शिव की कलम अब भी चल रही थी।

उसकी आँखें थक चुकी थीं, लेकिन उसके अंदर की आग अब भी जल रही थी।

"अगर मुझे कुछ बड़ा करना है, तो मुझे खुद को धकेलना ही होगा।"

उसने अपनी नई कहानी पूरी की और एक और पत्रिका में भेज दी।

अब वह जवाब का इंतज़ार नहीं कर रहा था, अब वह सिर्फ मेहनत कर रहा था।

परिवार अब भी उस पर शक कर रहा था।

"क्या तेरा इससे कोई फायदा होगा?" पिता ने एक दिन पूछा था।

"तू बस अपना समय बर्बाद कर रहा है," माँ ने चिंता जताई थी।

लेकिन इस बार, शिव को किसी जवाब की जरूरत नहीं थी।

वह जानता था कि अगर उसने खुद को साबित कर दिया, तो यही लोग एक दिन उसकी तारीफ करेंगे।

अब वह बस चलता जा रहा था—अकेले, मगर पूरे आत्मविश्वास के साथ।

हर सुबह शिव उठता, अपनी नोटबुक खोलता और लिखने में लग जाता।

अब यह सिर्फ एक आदत नहीं थी, बल्कि यह उसका जीने का तरीका बन चुका था।

हर कहानी के साथ वह खुद को और निखार रहा था।

पहले जहाँ एक पेज लिखने में उसे घंटे लग जाते थे, अब शब्द खुद-ब-खुद बहने लगे थे।

लेकिन सवाल वही था—क्या कोई इन कहानियों को पढ़ भी रहा था?

फिर एक दिन, उसका फोन बजा।

"शिव, तुम्हारी कहानी हमें पसंद आई! हम इसे अपनी पत्रिका में प्रकाशित करना चाहते हैं!"

उसने स्क्रीन पर नजरें गड़ा दीं।

यह वही ऑनलाइन मैगज़ीन थी, जहाँ उसने हफ्तों पहले अपनी पहली कहानी भेजी थी।

शिव की उंगलियाँ काँपने लगीं।

"क्या सच में? मेरी कहानी?"

यह उसकी मेहनत का पहला फल था।

"शुरुआत छोटी ही सही, लेकिन अब सफर शुरू हो चुका था!"

शिव की आँखें फोन की स्क्रीन पर टिक गईं।

"हम आपकी कहानी प्रकाशित करना चाहते हैं!"

ये शब्द उसकी मेहनत की पहली जीत थे।

उसका दिल तेज़ी से धड़कने लगा।

उसने झट से मेल खोला और पत्रिका की टीम को जवाब लिखा—

"धन्यवाद! यह मेरे लिए बहुत खास है। कृपया आगे की प्रक्रिया बताइए।"

मेल भेजते ही उसकी साँसें तेज़ हो गईं।

"सपना सच हो रहा है!"

वह कुर्सी से उठा और कमरे में टहलने लगा।

अब तक परिवार को यकीन नहीं था, लेकिन अब उसे खुद को और उन्हें साबित करना था।

आज पहली बार उसे लगा कि उसने सही रास्ता चुना है।

लेकिन यह सिर्फ एक शुरुआत थी...

अब सफर और बड़ा होने वाला था!

शिव की आँखों में चमक थी।

पहली बार, उसकी मेहनत का कोई नतीजा सामने आया था।

लेकिन यह सिर्फ एक छोटी जीत थी—असली सफर तो अब शुरू हुआ था।

वह माँ-पापा को यह खबर बताना चाहता था, लेकिन कहीं न कहीं एक डर भी था।

"क्या वे खुश होंगे? या फिर इसे भी छोटा समझेंगे?"

उसने धीरे से माँ को आवाज़ दी—

"माँ, मेरी कहानी छप रही है!"

माँ ने चौंककर उसकी तरफ देखा।

"सच?"

उनकी आँखों में खुशी और चिंता दोनों थीं।

पिता अखबार पढ़ रहे थे, लेकिन उन्होंने भी हल्का सिर उठाया।

"कौन सी पत्रिका?" उन्होंने संक्षेप में पूछा।

शिव ने उन्हें नाम बताया, लेकिन उनका चेहरा सपाट ही रहा।

"अच्छा है। लेकिन इससे कुछ मिलेगा?"

शिव मुस्कुराया।

"हाँ, यह मेरा पहला कदम है। अभी शुरुआत है, लेकिन यही आगे रास्ता खोलेगा!"

पिता कुछ नहीं बोले, लेकिन माँ के चेहरे पर हल्की संतुष्टि थी।

शिव जानता था कि यह उनके लिए उतना बड़ा नहीं था, लेकिन उसके लिए यह उसकी दुनिया बदलने जैसा था।

अब वह पीछे नहीं हटने वाला था।

अब यह उसका सफर बन चुका था।

शिव के मन में अब एक नई ऊर्जा थी।

पहली सफलता ने उसे अहसास कराया कि अगर उसने खुद पर भरोसा रखा, तो यह बस एक शुरुआत थी।

लेकिन उसके सामने अब एक नई चुनौती थी—क्या यह सिर्फ एक संयोग था, या वह इसे एक लगातार सफर बना सकता था?

उसने अपनी नोटबुक निकाली और एक नई कहानी पर काम करना शुरू किया।

पहले जहाँ वह लिखने से पहले घबराता था, अब उसके हाथ बिना रुके चलते रहे।

"अगर एक कहानी छपी है, तो अगली भी छपेगी। और फिर एक दिन, मेरी खुद की किताब होगी!"

परिवार अब भी उसे पूरी तरह सपोर्ट नहीं कर रहा था, लेकिन इस बार शिव को किसी की मंजूरी की ज़रूरत नहीं थी।

अब उसे सिर्फ अपने सपने को सच करने की जिद थी।

शाम को, उसने इंटरनेट पर दूसरी पत्रिकाओं और पब्लिशिंग हाउस की लिस्ट निकाली।

"अब हर दिन, हर हफ्ते मैं अपनी कहानियाँ भेजूँगा। मैं खुद को रोने नहीं दूँगा, रुकने नहीं दूँगा!"

अब सफर शुरू हो चुका था, और इस बार वह इसे अधूरा नहीं छोड़ेगा

शिव अब सिर्फ सपने नहीं देख रहा था, वह उन्हें जी भी रहा था।

हर दिन एक नया लक्ष्य, हर रात एक नई कहानी।

अब उसकी कहानियाँ सिर्फ डायरी तक सीमित नहीं थीं, वह उन्हें दुनिया तक पहुँचा रहा था।

कुछ जगहों से जवाब नहीं आते थे, कुछ जगहों से रिजेक्शन मिलते थे, लेकिन अब उसे कोई फर्क नहीं पड़ता था।

"अगर हर बार सफलता ही मिलती, तो मेहनत की अहमियत कौन समझता?"

अब वह इस सफर का हर पल जी रहा था।

एक दिन, जब वह अपनी नई कहानी पूरी कर रहा था, तभी उसका फोन फिर से बजा।

यह उसी पत्रिका का मेल था—"हमें आपकी दूसरी कहानी भी पसंद आई। हम इसे भी छापना चाहते हैं!"

शिव की आँखें चमक उठीं।

"अब मैं सही राह पर हूँ। अब मैं खुद को रोकने नहीं दूँगा!"

शिव की उंगलियाँ काँप रही थीं, लेकिन इस बार डर से नहीं—उत्साह से!

पहली कहानी के बाद अब दूसरी भी छप रही थी।

यह साबित करता था कि पहली सफलता सिर्फ संयोग नहीं थी—वह सच में आगे बढ़ रहा था।

उसने झट से मेल पढ़ा और जवाब दिया—

"धन्यवाद! यह मेरे लिए बहुत मायने रखता है। कृपया आगे की प्रक्रिया बताइए।"

मेल भेजते ही उसके चेहरे पर एक अलग चमक थी।

लेकिन यह सफर यहीं नहीं रुक सकता था।

उसने अपनी नोटबुक उठाई और एक नया पेज पलटा।

"अब मुझे सिर्फ एक लेखक नहीं बनना, एक पहचान बनानी है!"

अब हर रिजेक्शन, हर चुनौती सिर्फ उसे और मजबूत बना रही थी।

अब वह सिर्फ खुद को साबित नहीं कर रहा था, बल्कि अपने सपनों को ज़िंदा कर रहा था!

शिव की दुनिया अब बदलने लगी थी।

पहले जहाँ वह अकेलापन महसूस करता था, अब वही अकेलापन उसे और मेहनत करने की ताकत दे रहा था।

"अगर मैं आज मेहनत नहीं करूँगा, तो कल मुझ पर कोई भरोसा नहीं करेगा।"

हर सुबह वह नई कहानी पर काम करता, और हर रात उसे कहीं न कहीं भेजता।

अब उसे रिजेक्शन से डर नहीं लगता था, बल्कि हर 'न' उसे और मजबूत बना रहा था।

लेकिन सफर आसान नहीं था।

घर में अब भी उसके करियर को लेकर सवाल उठाए जाते थे।

"बस ये लिखने से क्या होगा? कुछ ठोस करियर का भी सोचा है?" पिता ने एक दिन फिर पूछा।

इस बार, शिव के पास जवाब था।

"हाँ, करियर ही बना रहा हूँ। लेकिन अपने तरीके से!"

पिता ने कोई जवाब नहीं दिया, लेकिन उनकी आँखों में हल्का सा बदलाव था—शायद अब वे भी देख रहे थे कि शिव हार मानने वालों में से नहीं है।

अब यह सिर्फ एक सफर नहीं था, यह उसकी पहचान बनने का रास्ता था।

और वह इसे अधूरा नहीं छोड़ेगा

:

शिव अब वही नहीं रहा था, जो कुछ महीने पहले था।

जहाँ पहले वह हर बात पर संदेह करता था, अब उसमें एक अलग आत्मविश्वास था।

रिजेक्शन अब उसे कमजोर नहीं बनाते थे, बल्कि हर 'न' उसे और मेहनत करने की प्रेरणा देता था।

लेकिन असली परीक्षा अभी बाकी थी।

एक दिन, उसे एक बड़े प्रकाशन हाउस से मेल आया।

"आपकी कहानी हमें पसंद आई, लेकिन हमें कुछ बदलाव चाहिए। अगर आप तैयार हैं, तो इसे आगे बढ़ा सकते हैं।"

शिव की धड़कनें तेज़ हो गईं।

"बदलाव?"

क्या वह अपनी कहानी के मूल विचार से समझौता कर सकता था?

या फिर उसे अपने तरीके से आगे बढ़ना चाहिए?

यह अब तक का सबसे मुश्किल फैसला था।

क्या वह सफलता के लिए खुद को बदल देगा, या अपनी पहचान बनाए रखेगा?

शिव ने मेल दोबारा पढ़ा।

"अगर आप बदलाव करने के लिए तैयार हैं, तो इसे आगे बढ़ाया जा सकता है।"

उसके दिमाग में सवाल उठने लगे—

"क्या सफलता पाने के लिए मुझे अपने शब्दों से समझौता करना होगा?"

यह मौका बड़ा था, लेकिन क्या यह सही था?

उसने कुछ देर सोचा, फिर अपनी डायरी निकाली और लिखा—

"अगर मेरा लेखन मेरी आत्मा है, तो क्या मैं इसे बदल सकता हूँ?"

शिव ने गहरी सांस ली और प्रकाशन हाउस को जवाब दिया—

"मैं बदलाव करने को तैयार हूँ, लेकिन कहानी की आत्मा वही रहेगी।"

अब जवाब का इंतजार था।

क्या वे इसे स्वीकार करेंगे?

या फिर यह भी एक और अस्वीकार की लिस्ट में जुड़ जाएगा?

शिव जानता था कि यह सफर आसान नहीं था, लेकिन अब वह पीछे नहीं हट सकता था।

यह उसकी पहचान की लड़ाई थी!

शिव ने मेल भेज दिया, लेकिन उसका दिल तेज़ी से धड़क रहा था।

क्या प्रकाशन हाउस उसकी शर्तें मान लेगा?

या फिर यह भी एक और रिजेक्शन बनकर रह जाएगा?

हर बीतते मिनट के साथ उसका धैर्य टूट रहा था, लेकिन अब वह डर से भागने वाला नहीं था।

वह जानता था कि अगर यह मौका छूट भी गया, तो वह अगला दरवाज़ा खुद बनाएगा।

"अगर एक मौका चला भी गया, तो मैं और बेहतर बनूँगा!"

तभी उसका फोन वाइब्रेट हुआ।

"आपकी शर्तें स्वीकार की जाती हैं। हम आपकी कहानी प्रकाशित करने के लिए तैयार हैं!"

शिव के हाथ काँपने लगे।

"सच? मेरी कहानी?"

यह सिर्फ एक मेल नहीं था—यह उसके सपने का पहला बड़ा कदम था!

अब उसका नाम दुनिया के सामने आने वाला था।

अब उसका संघर्ष रंग लाने वाला था।

शिव की आँखें फोन की स्क्रीन पर टिक गईं।

"हम आपकी कहानी प्रकाशित करने के लिए तैयार हैं!"

उसका दिल ज़ोर से धड़कने लगा।

"क्या सच में? क्या ये वही सपना है, जिसके लिए मैं इतनी रातों तक जागा हूँ?"

वह तुरंत अपनी कुर्सी से उठा और कमरे में इधर-उधर टहलने लगा।

यह उसकी मेहनत की सबसे बड़ी जीत थी।

पहली बार, उसकी कहानियाँ सिर्फ डायरी तक सीमित नहीं थीं—अब वे दुनिया तक पहुँचने वाली थीं!

लेकिन असली सवाल अब यह था—आगे क्या?

क्या एक कहानी छपने से सब कुछ बदल जाएगा?

या फिर यह सिर्फ एक शुरुआत थी?

शिव जानता था कि सफर अभी लंबा है, लेकिन अब उसे यकीन हो चुका था—

"अगर मैंने यहाँ तक का सफर तय किया है, तो अब मैं कहीं नहीं रुकने वाला!"

शिव ने गहरी सांस ली और फोन को टेबल पर रख दिया।

यह जीत उसकी उम्मीदों से बड़ी थी, लेकिन क्या यह सफर यहीं खत्म हो गया था?

"नहीं, यह तो बस शुरुआत है!" उसने खुद से कहा।

अब उसे सिर्फ एक कहानी नहीं लिखनी थी, अब उसे एक लेखक बनना था!

उसने अपनी नोटबुक उठाई और अगले लक्ष्य के बारे में सोचना शुरू किया—

"क्या अब मुझे अपनी खुद की किताब पर काम करना चाहिए?"

यह ख्याल पहले भी उसके दिमाग में आया था, लेकिन अब यह सिर्फ एक सपना नहीं था, अब यह एक प्लान था।

उसने अपनी पुरानी कहानियाँ देखीं, अपने विचारों को इकट्ठा किया और एक नई डायरी खोली।

"अब मैं सिर्फ लिखूँगा नहीं, मैं अपनी पहचान बनाऊँगा!"

शिव के सफर की असली परीक्षा अब शुरू हो चुकी थी।

शिव अब पहले जैसा नहीं रहा था।

पहले जहाँ वह सिर्फ सोचता था, अब वह हर दिन अपने सपने के करीब बढ़ रहा था।

उसने अपनी डायरी के पहले पन्ने पर लिखा—

"यह सिर्फ एक कहानी की जीत नहीं, यह मेरी पहचान बनाने की शुरुआत है!"

अब वह सिर्फ एक लेखक नहीं बनना चाहता था, अब वह अपनी खुद की किताब लिखना चाहता था।

लेकिन यह सफर आसान नहीं था।

"क्या मैं सच में एक किताब लिख सकता हूँ?"

"क्या लोग इसे पढ़ेंगे?"

"क्या यह सिर्फ एक और अधूरा सपना बनकर रह जाएगा?"

लेकिन इस बार, शिव ने अपने डर को खुद पर हावी नहीं होने दिया।

उसने तुरंत एक नया पेज खोला और पहला शब्द लिखा—

"हर सफर की शुरुआत एक कदम से होती है, और यह मेरा पहला कदम है!"

अब उसकी कलम नहीं रुकेगी।

अब वह अपनी कहानी दुनिया तक पहुँचाकर ही रहेगा!

शिव की कलम पन्नों पर दौड़ रही थी।

हर शब्द के साथ वह खुद को और मजबूत महसूस कर रहा था।

पहले जहाँ वह अपने सपनों पर शक करता था, अब उसके अंदर सिर्फ एक ही भावना थी—"मुझे इसे पूरा करना ही है!"

"मैं अपनी किताब लिखूँगा, चाहे जितना भी समय लगे!"

वह घंटों तक लिखता, फिर खुद ही पढ़ता, एडिट करता, और दोबारा लिखता।

हर दिन उसका आत्मविश्वास बढ़ता जा रहा था।

लेकिन एक नई चुनौती सामने थी—

"क्या कोई इसे छापेगा?"

उसने रिसर्च शुरू की—कौन-कौन से पब्लिशर्स नए लेखकों को मौका देते हैं? कैसे एक किताब को प्रकाशित करवाया जाता है?

अब वह सिर्फ लिख नहीं रहा था, अब वह अपने सपनों को असलियत में बदलने की राह पर था।

यह सफर मुश्किल था, लेकिन अब वह किसी भी हाल में रुकने वाला नहीं था!

शिव अब सिर्फ लिखने तक सीमित नहीं था—वह अपने शब्दों को दुनिया तक पहुँचाने के लिए सही रास्ता भी तलाश रहा था।

हर दिन वह पब्लिशिंग हाउस के बारे में पढ़ता, नए लेखकों की कहानियाँ देखता, और खुद से पूछता—

"क्या मैं भी अपनी किताब छपवा सकता हूँ?"

इंटरनेट पर उसने कई लेखकों के संघर्ष पढ़े—

कोई 10 बार रिजेक्ट हुआ था,

कोई 50 बार,

कोई 100 बार,

लेकिन एक बात सबमें समान थी—उन्होंने हार नहीं मानी!

शिव को अब और हिम्मत मिली।

"अगर मुझे अपनी किताब छपवानी है, तो मुझे भी खुद को साबित करना होगा!"

उसने कुछ पब्लिशिंग हाउस की लिस्ट बनाई और सोचने लगा कि सबसे पहले किसे संपर्क किया जाए।

"शायद शुरुआत कठिन होगी, लेकिन यह मेरा सफर है—और इसे मैं खुद तय करूँगा!"

अब शिव सिर्फ एक लेखक नहीं था—अब वह अपनी पहचान बनाने के लिए तैयार था!

शिव ने पब्लिशिंग हाउस की लिस्ट बनाई और एक-एक कर मेल तैयार करने लगा।

हर मेल में उसने अपनी कहानी का सार, अपनी लेखन शैली और अपनी किताब के विचार को विस्तार से समझाया।

लेकिन हर बार भेजने से पहले उसके मन में एक सवाल उठता—

"अगर फिर से रिजेक्ट हो गया तो?"

पर इस बार, वह डर के आगे नहीं झुका।

"अगर मैं कोशिश नहीं करूँगा, तो कभी जान नहीं पाऊँगा कि मेरी काबिलियत क्या है!"

उसने एक गहरी सांस ली और पहला मेल भेज दिया।

फिर दूसरा, तीसरा, चौथा...

अब वह इंतजार कर रहा था।

हर बीतते दिन के साथ उसका उत्साह बढ़ रहा था, लेकिन मन के किसी कोने में हल्की सी घबराहट भी थी।

"क्या कोई मुझे जवाब देगा?"

एक दिन, जब वह अपनी नई कहानी पर काम कर रहा था, तभी उसका फोन वाइब्रेट हुआ।

"प्रिय शिव, हमें आपकी किताब का प्रस्ताव मिला, और हम इसे लेकर चर्चा करना चाहते हैं..."

शिव की धड़कनें तेज़ हो गईं।

"क्या यह मेरा मौका है?"

शिव का दिल ज़ोर-ज़ोर से धड़कने लगा।

"क्या यह सच में हो रहा है?"

उसने जल्दी से मेल दोबारा पढ़ा—

"हमें आपकी किताब का प्रस्ताव मिला, और हम इस पर चर्चा करना चाहते हैं। कृपया हमें अपनी उपलब्धता बताइए।"

यह सिर्फ एक मेल नहीं था—यह उसके सपने का पहला बड़ा दरवाजा खुलने जैसा था!

उसने झट से लैपटॉप खोला और जवाब टाइप किया—

"धन्यवाद! मैं किसी भी समय उपलब्ध हूँ। कृपया आगे की प्रक्रिया बताइए।"

मेल भेजते ही उसकी उंगलियाँ काँप रही थीं।

उसने कुर्सी से उठकर कमरे में चहल-कदमी शुरू कर दी।

"अगर यह बातचीत सफल रही, तो मेरी पहली किताब छप सकती है!"

लेकिन फिर उसके मन में एक और सवाल आया—

"अगर वे शर्तें रखेंगे? अगर मुझे अपनी कहानी में बदलाव करने होंगे?"

क्या वह अपने विचारों से समझौता करेगा, या अपनी पहचान को बनाए रखेगा?

यह उसके सफर का सबसे बड़ा फैसला होने वाला था।

शिव का मन बेचैन था।

एक तरफ उसका सपना था—अपनी किताब को प्रकाशित होते देखना।

दूसरी तरफ एक डर था—"अगर उन्होंने मेरी कहानी में बड़े बदलाव मांगे तो?"

क्या वह अपनी असली सोच से समझौता करेगा?

या फिर अपनी शर्तों पर चलेगा, चाहे नतीजा जो भी हो?

उसने गहरी सांस ली और खुद से कहा—

"अगर यह मेरी कहानी है, तो इसे मेरे तरीके से ही दुनिया के सामने आना चाहिए!"

अगले दिन पब्लिशिंग हाउस की टीम से उसकी कॉल शेड्यूल हुई।

वह लैपटॉप के सामने बैठा, उसकी हथेलियाँ पसीने से भीग रही थीं।

कुछ देर बाद, स्क्रीन पर नाम चमका—"प्रकाशन टीम"

शिव ने कॉल रिसीव की।

"हैलो शिव, हमें आपकी कहानी पसंद आई। हम इसे प्रकाशित करना चाहते हैं, लेकिन..."

शिव की साँसें थम गईं।

"लेकिन क्या?"

"हमें इसमें कुछ बदलाव करने होंगे।"

यही वह क्षण था, जिसका उसे सबसे ज्यादा डर था।

क्या वह इस मौके को हाथ से जाने देगा?

या अपनी शर्तों पर डटा रहेगा?

यह उसकी अब तक की सबसे बड़ी परीक्षा थी।

शिव की उंगलियाँ टेबल पर हल्के-हल्के थरथरा रही थीं।

"बदलाव?"

यह शब्द उसके कानों में गूंज रहा था।

पब्लिशिंग हाउस के व्यक्ति ने आगे कहा, "हम आपकी कहानी को पसंद करते हैं, लेकिन कुछ हिस्से हैं जो मार्केटिंग के हिसाब से बदलने होंगे।"

शिव चुप था।

"क्या बदलाव?" उसने धीमी आवाज़ में पूछा।

"हम चाहते हैं कि कहानी का अंत थोड़ा सकारात्मक हो। पाठकों को एक प्रेरणादायक संदेश मिले। और हाँ, आपको कुछ किरदारों को हल्का बदलना होगा ताकि यह बड़े दर्शकों तक पहुँच सके।"

शिव की आँखें स्क्रीन पर टिकी थीं।

यह उसके लिए गर्व का पल था कि उसकी कहानी प्रकाशित हो सकती थी, लेकिन... क्या वह अपनी सोच से समझौता कर सकता था?

उसके मन में स्नेहा के शब्द गूंजे—

"अगर तुम्हारा सपना सच्चा है, तो तुम्हें उसके लिए लड़ना पड़ेगा!"

क्या वह अपने सपने के साथ समझौता करने वाला था?

या फिर अपनी शर्तों पर इसे आगे बढ़ाएगा?

कुछ सेकंड की चुप्पी के बाद, शिव ने गहरी साँस ली और कहा—

"अगर यह मेरी कहानी है, तो इसे मेरे तरीके से ही जाना चाहिए!"

अब देखना था कि सामने वाला क्या जवाब देता है...

स्क्रीन के दूसरी तरफ कुछ सेकंड की चुप्पी छा गई।

फिर पब्लिशिंग हाउस के व्यक्ति की आवाज़ आई—

"शिव, हम समझ सकते हैं कि आपकी कहानी आपके लिए कितनी अहम है। लेकिन पब्लिशिंग इंडस्ट्री में कभी-कभी थोड़ा बदलाव ज़रूरी होता है ताकि किताब ज़्यादा लोगों तक पहुँच सके।"

शिव की साँसें तेज़ हो गईं।

"लेकिन अगर मैं बदलाव नहीं करना चाहूँ तो?" उसने सीधा सवाल किया।

"अगर आप बदलाव नहीं करना चाहते, तो हम इसे प्रकाशित करने के बारे में दोबारा सोचेंगे।"

शिव को लगा जैसे किसी ने उसकी उम्मीदों को झटका दिया हो।

क्या उसे अपने सपने को पूरा करने के लिए अपनी सोच से समझौता करना होगा?

वह दुविधा में था।

"क्या यह एक मौका है जो दोबारा नहीं मिलेगा?"

या फिर उसे अपनी सच्चाई के साथ खड़ा रहना चाहिए?

उसने आँखें बंद कीं, एक गहरी साँस ली और फिर ठोस आवाज़ में जवाब दिया—

"मुझे मौका चाहिए, लेकिन अपने तरीके से। अगर आप मेरी कहानी को उसी रूप में स्वीकार कर सकते हैं, तो मुझे खुशी होगी। वरना मैं इंतजार कर लूंगा, लेकिन समझौता नहीं करूंगा।"

अब फैसला पब्लिशिंग हाउस के हाथ में था।

क्या वे शिव के आत्मविश्वास को समझेंगे?

या फिर यह मौका उसके हाथ से निकल जाएगा?

शिव की बात सुनकर पब्लिशिंग हाउस के प्रतिनिधि कुछ सेकंड के लिए चुप हो गए।

फिर उन्होंने कहा, "हम आपकी सोच की कद्र करते हैं, लेकिन हमें अपनी मार्केटिंग रणनीति भी देखनी होती है।"

शिव को अंदाजा था कि ऐसा जवाब मिलेगा।

उसने शांत स्वर में कहा, "मैं समझ सकता हूँ। लेकिन अगर मैं अपनी पहली किताब में ही अपनी पहचान से समझौता कर लूँ, तो आगे क्या करूंगा?"

सामने वाले व्यक्ति ने हल्की हंसी भरी सांस ली, "शिव, बहुत कम लेखक अपनी पहली किताब में ऐसी शर्तें रख पाते हैं। लेकिन हम आपकी कहानी में विश्वास रखते हैं। हम आपकी मूल सोच को बनाए रखते हुए इसे पब्लिश करने के लिए तैयार हैं।"

शिव की आँखें चमक उठीं।

"क्या सच में?"

"हाँ, लेकिन कुछ मामूली एडिट्स के साथ, जो आपकी मूल भावना को प्रभावित नहीं करेंगे।"

शिव ने राहत की सांस ली।

उसका सपना सच हो रहा था, बिना किसी समझौते के!

अब उसकी पहली किताब दुनिया के सामने आने वाली थी।

लेकिन यह सिर्फ एक किताब नहीं थी—यह उसकी मेहनत, संघर्ष और उसके आत्म-सम्मान की जीत थी!

शिव ने अब खुद को बदलने का फैसला कर लिया था। अकेलापन अब उसके लिए कमजोरी नहीं, बल्कि ताकत बन चुका था। लेकिन क्या यह सफर आसान होगा? नहीं। असली लड़ाई तो अब शुरू हुई थी—अपने सपनों के लिए, अपने अस्तित्व के लिए, और उस समाज के खिलाफ जिसने उसे कमजोर समझा था। उसने पहली बार बिना किसी डर के अपनी डायरी में लिखा—

"अब मैं खुद के लिए जिऊँगा।" पर सवाल यह था—कैसे?

शिव सुबह जल्दी उठा। यह पहला दिन था जब उसने खुद को नया महसूस किया।

कमरे में हल्की रोशनी फैली थी, और खिड़की से आती ताज़ी हवा ने उसके मन को हल्का कर दिया। उसने अपनी डायरी खोली और खुद से वादा किया— "अब मैं अपने सपनों की राह पर अकेला चलूँगा, लेकिन मजबूती के साथ!" लेकिन जैसे ही वह कमरे से बाहर निकला, दुनिया अब भी वही थी।

पिता का वही कठोर रवैया, माँ की आँखों में वही चिंता, पड़ोसियों की वही बातें—

"क्या कर रहा है लड़का?"
"कोई काम-धंधा करेगा या बस सपनों में ही जिएगा?"

शिव ने पहली बार इन सब पर ध्यान नहीं दिया।

आज वह सिर्फ एक ही चीज़ के बारे में सोच रहा था—खुद को साबित करने के बारे में।

शिव बिना कुछ कहे घर से बाहर निकल गया। वह तेज़ कदमों से चल रहा था, लेकिन अंदर ही अंदर एक अजीब सा दबाव महसूस कर रहा था।

क्या सच में यह सफर आसान होगा?

क्या बिना किसी सहारे के आगे बढ़ा जा सकता है?

उसके पास अब न स्नेहा थी, न परिवार का सपोर्ट, और न ही कोई दोस्त जो उसे समझ सके।

लेकिन अब उसे किसी की जरूरत भी नहीं थी।

वह बस एक ही चीज़ चाहता था—अपने सपनों को सच करना, खुद को साबित करना।

शिव ने एक कैफे में जाकर अपनी नोटबुक निकाली और लिखना शुरू किया। पहली बार, उसने किसी और के लिए नहीं, बल्कि खुद के लिए लिखा। शब्द तेज़ी से पन्नों पर उतरते गए। हर वाक्य के साथ उसका आत्मविश्वास बढ़ता जा रहा था। अब यह सिर्फ एक सपना नहीं था। यह उसकी नई ज़िंदगी की शुरुआत थी। शिव लिखता गया, बिना रुके, बिना किसी डर के। पहली बार, उसे ऐसा लग रहा था कि शब्दों के ज़रिए वह

खुद को फिर से बना रहा है। हर लाइन में उसका दर्द था, उसकी तकलीफें थीं, लेकिन सबसे ज्यादा उसमें उसकी नई ताकत थी। "मैं कमजोर नहीं हूँ। मैंने अकेलेपन को हराया है, और अब मैं अपने लिए जिऊँगा।" कैफे में उसके आसपास लोग थे, लेकिन वह अब भी अकेला था—पर इस बार यह अकेलापन उसे मजबूत बना रहा था। शिव ने एक लंबी सांस ली और अपनी नोटबुक बंद की। "पहला कदम उठ चुका है, अब पीछे मुड़ने का कोई सवाल ही नहीं है।" उसने अपनी नोटबुक को ध्यान से देखा और खुद से कहा— "अब मैं रुकने वाला नहीं।"

शिव ने अपनी नोटबुक को कसकर पकड़ा। यह सिर्फ कागज़ के पन्ने नहीं थे, यह उसका जुनून, उसका संघर्ष और उसका सपना था।

लेकिन सवाल यह था—अब आगे क्या?

क्या सिर्फ लिखने से सपने पूरे हो जाते हैं?

क्या दुनिया उसे स्वीकार करेगी?

शिव ने गहरी सांस ली। "मैं बस कोशिश कर सकता हूँ, हार मानना अब ऑप्शन नहीं है।"****"मुझे खुद को साबित करना होगा।"

वह कैफे से बाहर निकला।

हवा में हल्की ठंडक थी, लेकिन उसके अंदर एक नई आग जल रही थी।

आज पहली बार उसे अहसास हुआ कि शायद सफलता अकेलेपन के बाद ही मिलती है।

शिव कैफ़े से बाहर निकला और तेज़ कदमों से सड़क पर चलता रहा।

हर तरफ लोग अपने-अपने कामों में व्यस्त थे, किसी को उसकी परवाह नहीं थी। और अब उसे भी किसी की परवाह नहीं थी।

पहले वह सोचता था कि दुनिया उसे समझेगी, पर अब उसे एहसास हो गया था कि दुनिया सिर्फ नतीजों को देखती है, संघर्ष को नहीं।

"अगर मैं सफल हो गया, तो यही लोग मेरी तारीफ करेंगे, और अगर नहीं हुआ, तो कोई याद भी नहीं करेगा।"

शिव के कदम अब और तेज़ हो गए।

उसे कहीं पहुँचना था, लेकिन सबसे पहले उसे खुद के अंदर उस जगह तक पहुँचना था जहाँ डर खत्म हो जाता है।

उसने एक चौराहे पर रुककर गहरी सांस ली।

"अब मैं अपने लिए जीऊँगा, अपने सपनों के लिए।"

यह पहली बार था जब उसने यह बात पूरी सच्चाई से महसूस की।

शिव चौराहे पर खड़ा था, चारों ओर भागती-दौड़ती ज़िंदगी को देख रहा था।

लोग अपने-अपने रास्तों पर थे, कोई ऑफिस जा रहा था, कोई बाज़ार की ओर, और कोई बेपरवाह अपनी दुनिया में खोया था।

लेकिन शिव?

वह अब भी अपनी राह खोज रहा था।

उसने अपनी नोटबुक को कसकर पकड़ लिया। यह उसकी पहचान थी, उसका सपना था।

उसने मन ही मन सोचा, "अगर मुझे कुछ बड़ा करना है, तो अब इसे सिर्फ कागज़ तक सीमित नहीं रखना है।"

उसे अपनी कहानियों को लोगों तक पहुँचाना था।

पर कैसे?

क्या कोई उसकी कहानी पढ़ेगा? क्या कोई उसके शब्दों को समझेगा?

या फिर यह भी बस अधूरे सपनों की तरह खो जाएगा?

लेकिन फिर उसने खुद को रोका।

"अगर मैंने कोशिश ही नहीं की, तो मैं हार पहले ही मान चुका हूँ।"

शिव ने पहली बार खुद पर भरोसा किया।

अब उसे किसी की मंज़ूरी की ज़रूरत नहीं थी, बस खुद को आगे बढ़ाने की हिम्मत चाहिए थी।

"शुरुआत छोटी होगी, लेकिन यह सफर बड़ा बनेगा!"

शिव ने एक ठंडी सांस ली और आगे बढ़ गया।

अब वह सिर्फ सोच नहीं रहा था, अब वह अपने सपने को हकीकत में बदलने के लिए कदम बढ़ा चुका था।

उसके दिमाग में एक ही सवाल था—"मुझे अपनी कहानियों को कहाँ भेजना चाहिए?"

क्या किसी पत्रिका में?

क्या सोशल मीडिया पर?

या किसी पब्लिशर के पास?

उसने अपनी जेब से फोन निकाला और जल्दी-जल्दी कुछ नाम सर्च करने लगा—"नई लेखकों के लिए प्लेटफॉर्म," "कहानी कैसे पब्लिश करें," "पहली किताब कैसे छपवाएँ?"

स्क्रीन पर कई ऑप्शन आए। कुछ ऑनलाइन ब्लॉग्स थे, कुछ पत्रिकाओं की वेबसाइट्स, और कुछ ऐसे प्लेटफॉर्म जहाँ नए लेखक अपनी कहानियाँ भेज सकते थे।

"यही सही मौका है। मुझे शुरुआत करनी होगी!"

उसने अपनी सबसे अच्छी कहानी चुनी और एक ऑनलाइन मैगज़ीन की वेबसाइट पर सबमिट कर दी।

अब इंतज़ार था...

क्या उसकी कहानी स्वीकार होगी?

या फिर यह भी अनदेखी कर दी जाएगी?

शिव ने फोन बंद किया और लंबी सांस ली।

आज पहली बार उसने खुद को साबित करने के लिए एक कदम उठाया था।

अब सफर शुरू हो चुका था।

शिव ने कहानी सबमिट कर दी थी, लेकिन मन अब भी बेचैन था।

क्या उसकी कहानी किसी को पसंद आएगी?

क्या कोई उसे नोटिस करेगा?

उसके अंदर उम्मीद और डर दोनों थे।

"अगर मेरी कहानी रिजेक्ट हो गई, तो क्या होगा?"

लेकिन फिर उसने खुद से कहा, "अगर मैंने डर के कारण कोशिश ही नहीं की, तो मैं पहले ही हार चुका हूँ।"

उसने कॉफी का एक घूंट लिया और अपनी नोटबुक दोबारा खोली।

"एक कहानी खत्म नहीं हुई, यह तो बस शुरुआत है!"

उसने बिना समय गंवाए एक नई कहानी लिखनी शुरू कर दी।

अब वह इंतज़ार नहीं करेगा, अब वह लगातार प्रयास करेगा।

पहली कहानी छपे या न छपे, लेकिन उसकी मेहनत रुकेगी नहीं।

शिव पहली बार सच में आगे बढ़ चुका था।

शिव लिखता गया, बिना रुके, बिना थके।

हर शब्द के साथ उसे लग रहा था कि वह खुद को फिर से बना रहा है।

पहले जब वह लिखता था, तो उसे स्नेहा से चर्चा करनी पड़ती थी। परिवार के ताने सुनने पड़ते थे। लेकिन अब?

अब कोई रोकने वाला नहीं था।

अब सिर्फ वह था और उसका सपना।

उसने नई कहानी पूरी की और तुरंत दूसरी पत्रिका की वेबसाइट पर भेज दी।

अब वह सिर्फ एक मौके का इंतज़ार नहीं कर रहा था, अब वह लगातार मौके बना रहा था।

शिव को अब फर्क नहीं पड़ता था कि पहली कहानी रिजेक्ट होती है या स्वीकार।

"अगर एक बंद होगा, तो मैं दूसरा दरवाज़ा खोल दूँगा।"

यह सोचते ही उसके चेहरे पर हल्की मुस्कान आ गई।

शायद पहली बार, उसे लगा कि उसने सही रास्ता चुन लिया है।

शिव अब बदल चुका था।

जहाँ पहले वह रिजेक्शन से डरता था, अब वह उसे अपनी ताकत बना रहा था।

हर दिन वह एक नई कहानी लिखता, उसे कहीं न कहीं भेजता, और अगले मौके की तलाश में लग जाता।

"अगर एक रास्ता बंद होगा, तो दूसरा खुलेगा। मैं बस चलते रहूँगा!"

लेकिन सफर आसान नहीं था।

पहली कहानी के बाद दूसरी, फिर तीसरी— हर जगह से कोई जवाब नहीं आ रहा था।

कभी-कभी मन में सवाल उठता—"क्या मैं सही कर रहा हूँ?"

पर अब वह पीछे हटने वालों में से नहीं था।

उसने खुद से वादा किया था—

"जब तक मेरी कहानियाँ इस दुनिया तक नहीं पहुँचतीं, मैं हार नहीं मानूँगा!"

शिव की कहानियाँ अब तक कई जगह भेजी जा चुकी थीं, लेकिन कहीं से कोई जवाब नहीं आया था।

"क्या मैं सच में अच्छा लिख रहा हूँ?"

यह सवाल उसके दिमाग में बार-बार आता, लेकिन इस बार उसने इसे अपने जुनून पर हावी नहीं होने दिया।

उसने इंटरनेट पर सफल लेखकों की कहानियाँ पढ़नी शुरू कीं—

"पहली बार में कोई सफल नहीं होता।"

"हर महान लेखक को रिजेक्शन झेलना पड़ा है।"

"अगर तुम हार मान लोगे, तो कभी आगे नहीं बढ़ पाओगे!"

शिव को अब समझ में आ रहा था कि यह सफर धैर्य का है।

"हर दिन थोड़ा-थोड़ा बेहतर बनूँगा, और एक दिन मेरी मेहनत रंग लाएगी!"

वह फिर से अपनी डायरी लेकर बैठ गया और एक नई कहानी लिखने लगा।

अब वह इंतजार नहीं कर रहा था, अब वह सिर्फ आगे बढ़ रहा था!

रात के 2 बजे थे। पूरा शहर सो रहा था, लेकिन शिव की कलम अब भी चल रही थी।

उसकी आँखें थक चुकी थीं, लेकिन उसके अंदर की आग अब भी जल रही थी।

"अगर मुझे कुछ बड़ा करना है, तो मुझे खुद को धकेलना ही होगा।"

उसने अपनी नई कहानी पूरी की और एक और पत्रिका में भेज दी।

अब वह जवाब का इंतज़ार नहीं कर रहा था, अब वह सिर्फ मेहनत कर रहा था।

परिवार अब भी उस पर शक कर रहा था।

"क्या तेरा इससे कोई फायदा होगा?" पिता ने एक दिन पूछा था।

"तू बस अपना समय बर्बाद कर रहा है," माँ ने चिंता जताई थी।

लेकिन इस बार, शिव को किसी जवाब की जरूरत नहीं थी।

वह जानता था कि अगर उसने खुद को साबित कर दिया, तो यही लोग एक दिन उसकी तारीफ करेंगे।

अब वह बस चलता जा रहा था—अकेले, मगर पूरे आत्मविश्वास के साथ।

हर सुबह शिव उठता, अपनी नोटबुक खोलता और लिखने में लग जाता।

अब यह सिर्फ एक आदत नहीं थी, बल्कि यह उसका जीने का तरीका बन चुका था।

हर कहानी के साथ वह खुद को और निखार रहा था।

पहले जहाँ एक पेज लिखने में उसे घंटे लग जाते थे, अब शब्द खुद-ब-खुद बहने लगे थे।

लेकिन सवाल वही था—क्या कोई इन कहानियों को पढ़ भी रहा था?

फिर एक दिन, उसका फोन बजा।

"शिव, तुम्हारी कहानी हमें पसंद आई! हम इसे अपनी पत्रिका में प्रकाशित करना चाहते हैं!"

उसने स्क्रीन पर नजरें गड़ा दीं।

यह वही ऑनलाइन मैगज़ीन थी, जहाँ उसने हफ्तों पहले अपनी पहली कहानी भेजी थी।

शिव की उंगलियाँ काँपने लगीं।

"क्या सच में? मेरी कहानी?"

यह उसकी मेहनत का पहला फल था।

"शुरुआत छोटी ही सही, लेकिन अब सफर शुरू हो चुका था!"

शिव की आँखें फोन की स्क्रीन पर टिक गईं।

"हम आपकी कहानी प्रकाशित करना चाहते हैं!"

ये शब्द उसकी मेहनत की पहली जीत थे।

उसका दिल तेज़ी से धड़कने लगा।

उसने झट से मेल खोला और पत्रिका की टीम को जवाब लिखा—

"धन्यवाद! यह मेरे लिए बहुत खास है। कृपया आगे की प्रक्रिया बताइए।"

मेल भेजते ही उसकी साँसें तेज़ हो गईं।

"सपना सच हो रहा है!"

वह कुर्सी से उठा और कमरे में टहलने लगा।

अब तक परिवार को यकीन नहीं था, लेकिन अब उसे खुद को और उन्हें साबित करना था।

आज पहली बार उसे लगा कि उसने सही रास्ता चुना है।

लेकिन यह सिर्फ एक शुरुआत थी...

अब सफर और बड़ा होने वाला था!

शिव की आँखों में चमक थी।

पहली बार, उसकी मेहनत का कोई नतीजा सामने आया था।

लेकिन यह सिर्फ एक छोटी जीत थी—असली सफर तो अब शुरू हुआ था।

वह माँ-पापा को यह खबर बताना चाहता था, लेकिन कहीं न कहीं एक डर भी था।

"क्या वे खुश होंगे? या फिर इसे भी छोटा समझेंगे?"

उसने धीरे से माँ को आवाज़ दी—

"माँ, मेरी कहानी छप रही है!"

माँ ने चौंककर उसकी तरफ देखा।

"सच?"

उनकी आँखों में खुशी और चिंता दोनों थीं।

पिता अखबार पढ़ रहे थे, लेकिन उन्होंने भी हल्का सिर उठाया।

"कौन सी पत्रिका?" उन्होंने संक्षेप में पूछा।

शिव ने उन्हें नाम बताया, लेकिन उनका चेहरा सपाट ही रहा।

"अच्छा है। लेकिन इससे कुछ मिलेगा?"

शिव मुस्कुराया।

"हाँ, यह मेरा पहला कदम है। अभी शुरुआत है, लेकिन यही आगे रास्ता खोलेगा!"

पिता कुछ नहीं बोले, लेकिन माँ के चेहरे पर हल्की संतुष्टि थी।

शिव जानता था कि यह उनके लिए उतना बड़ा नहीं था, लेकिन उसके लिए यह उसकी दुनिया बदलने जैसा था।

अब वह पीछे नहीं हटने वाला था।

अब यह उसका सफर बन चुका था।

शिव के मन में अब एक नई ऊर्जा थी।

पहली सफलता ने उसे अहसास कराया कि अगर उसने खुद पर भरोसा रखा, तो यह बस एक शुरुआत थी।

लेकिन उसके सामने अब एक नई चुनौती थी—क्या यह सिर्फ एक संयोग था, या वह इसे एक लगातार सफर बना सकता था?

उसने अपनी नोटबुक निकाली और एक नई कहानी पर काम करना शुरू किया।

पहले जहाँ वह लिखने से पहले घबराता था, अब उसके हाथ बिना रुके चलते रहे।

"अगर एक कहानी छपी है, तो अगली भी छपेगी। और फिर एक दिन, मेरी खुद की किताब होगी!"

परिवार अब भी उसे पूरी तरह सपोर्ट नहीं कर रहा था, लेकिन इस बार शिव को किसी की मंज़ूरी की ज़रूरत नहीं थी।

अब उसे सिर्फ अपने सपने को सच करने की जिद थी।

शाम को, उसने इंटरनेट पर दूसरी पत्रिकाओं और पब्लिशिंग हाउस की लिस्ट निकाली।

"अब हर दिन, हर हफ्ते मैं अपनी कहानियाँ भेजूँगा। मैं खुद को रोने नहीं दूँगा, रुकने नहीं दूँगा!"

अब सफर शुरू हो चुका था, और इस बार वह इसे अधूरा नहीं छोड़ेगा शिव अब सिर्फ सपने नहीं देख रहा था, वह उन्हें जी भी रहा था।

हर दिन एक नया लक्ष्य, हर रात एक नई कहानी।

अब उसकी कहानियाँ सिर्फ डायरी तक सीमित नहीं थीं, वह उन्हें दुनिया तक पहुँचा रहा था।

कुछ जगहों से जवाब नहीं आते थे, कुछ जगहों से रिजेक्शन मिलते थे, लेकिन अब उसे कोई फर्क नहीं पड़ता था।

"अगर हर बार सफलता ही मिलती, तो मेहनत की अहमियत कौन समझता?"

अब वह इस सफर का हर पल जी रहा था।

एक दिन, जब वह अपनी नई कहानी पूरी कर रहा था, तभी उसका फोन फिर से बजा।

यह उसी पत्रिका का मेल था—"हमें आपकी दूसरी कहानी भी पसंद आई। हम इसे भी छापना चाहते हैं!"

शिव की आँखें चमक उठीं।

"अब मैं सही राह पर हूँ। अब मैं खुद को रोकने नहीं दूँगा!"

शिव की उंगलियाँ काँप रही थीं, लेकिन इस बार डर से नहीं—उत्साह से!

पहली कहानी के बाद अब दूसरी भी छप रही थी।

यह साबित करता था कि पहली सफलता सिर्फ संयोग नहीं थी—वह सच में आगे बढ़ रहा था।

उसने झट से मेल पढ़ा और जवाब दिया—

"धन्यवाद! यह मेरे लिए बहुत मायने रखता है। कृपया आगे की प्रक्रिया बताइए।"

मेल भेजते ही उसके चेहरे पर एक अलग चमक थी।

लेकिन यह सफर यहीं नहीं रुक सकता था।

उसने अपनी नोटबुक उठाई और एक नया पेज पलटा।

"अब मुझे सिर्फ एक लेखक नहीं बनना, एक पहचान बनानी है!"

अब हर रिजेक्शन, हर चुनौती सिर्फ उसे और मजबूत बना रही थी।

अब वह सिर्फ खुद को साबित नहीं कर रहा था, बल्कि अपने सपनों को ज़िंदा कर रहा था!

शिव की दुनिया अब बदलने लगी थी।

पहले जहाँ वह अकेलापन महसूस करता था, अब वही अकेलापन उसे और मेहनत करने की ताकत दे रहा था।

"अगर मैं आज मेहनत नहीं करूँगा, तो कल मुझ पर कोई भरोसा नहीं करेगा।"

हर सुबह वह नई कहानी पर काम करता, और हर रात उसे कहीं न कहीं भेजता।

अब उसे रिजेक्शन से डर नहीं लगता था, बल्कि हर 'न' उसे और मजबूत बना रहा था।

लेकिन सफर आसान नहीं था।

घर में अब भी उसके करियर को लेकर सवाल उठाए जाते थे।

"बस ये लिखने से क्या होगा? कुछ ठोस करियर का भी सोचा है?" पिता ने एक दिन फिर पूछा।

इस बार, शिव के पास जवाब था।

"हाँ, करियर ही बना रहा हूँ। लेकिन अपने तरीके से!"

पिता ने कोई जवाब नहीं दिया, लेकिन उनकी आँखों में हल्का सा बदलाव था—शायद अब वे भी देख रहे थे कि शिव हार मानने वालों में से नहीं है।

अब यह सिर्फ एक सफर नहीं था, यह उसकी पहचान बनने का रास्ता था।

और वह इसे अधूरा नहीं छोड़ेगा

:

शिव अब वही नहीं रहा था, जो कुछ महीने पहले था।

जहाँ पहले वह हर बात पर संदेह करता था, अब उसमें एक अलग आत्मविश्वास था।

रिजेक्शन अब उसे कमजोर नहीं बनाते थे, बल्कि हर 'न' उसे और मेहनत करने की प्रेरणा देता था।

लेकिन असली परीक्षा अभी बाकी थी।

एक दिन, उसे एक बड़े प्रकाशन हाउस से मेल आया।

"आपकी कहानी हमें पसंद आई, लेकिन हमें कुछ बदलाव चाहिए। अगर आप तैयार हैं, तो इसे आगे बढ़ा सकते हैं।"

शिव की धड़कनें तेज़ हो गईं।

"बदलाव?"

क्या वह अपनी कहानी के मूल विचार से समझौता कर सकता था?

या फिर उसे अपने तरीके से आगे बढ़ना चाहिए?

यह अब तक का सबसे मुश्किल फैसला था।

क्या वह सफलता के लिए खुद को बदल देगा, या अपनी पहचान बनाए रखेगा?

शिव ने मेल दोबारा पढ़ा।

"अगर आप बदलाव करने के लिए तैयार हैं, तो इसे आगे बढ़ाया जा सकता है।"

उसके दिमाग में सवाल उठने लगे—

"क्या सफलता पाने के लिए मुझे अपने शब्दों से समझौता करना होगा?"

यह मौका बड़ा था, लेकिन क्या यह सही था?

उसने कुछ देर सोचा, फिर अपनी डायरी निकाली और लिखा—

"अगर मेरा लेखन मेरी आत्मा है, तो क्या मैं इसे बदल सकता हूँ?"

शिव ने गहरी सांस ली और प्रकाशन हाउस को जवाब दिया—

"मैं बदलाव करने को तैयार हूँ, लेकिन कहानी की आत्मा वही रहेगी।"

अब जवाब का इंतजार था।

क्या वे इसे स्वीकार करेंगे?

या फिर यह भी एक और अस्वीकार की लिस्ट में जुड़ जाएगा?

शिव जानता था कि यह सफर आसान नहीं था, लेकिन अब वह पीछे नहीं हट सकता था।

यह उसकी पहचान की लड़ाई थी!

शिव ने मेल भेज दिया, लेकिन उसका दिल तेज़ी से धड़क रहा था।

क्या प्रकाशन हाउस उसकी शर्तें मान लेगा?

या फिर यह भी एक और रिजेक्शन बनकर रह जाएगा?

हर बीतते मिनट के साथ उसका धैर्य टूट रहा था, लेकिन अब वह डर से भागने वाला नहीं था।

वह जानता था कि अगर यह मौका छूट भी गया, तो वह अगला दरवाज़ा खुद बनाएगा।

"अगर एक मौका चला भी गया, तो मैं और बेहतर बनूँगा!"

तभी उसका फोन वाइब्रेट हुआ।

"आपकी शर्तें स्वीकार की जाती हैं। हम आपकी कहानी प्रकाशित करने के लिए तैयार हैं!"

शिव के हाथ काँपने लगे।

"सच? मेरी कहानी?"

यह सिर्फ एक मेल नहीं था—यह उसके सपने का पहला बड़ा कदम था!

अब उसका नाम दुनिया के सामने आने वाला था।

अब उसका संघर्ष रंग लाने वाला था।

शिव की आँखें फोन की स्क्रीन पर टिक गईं।

"हम आपकी कहानी प्रकाशित करने के लिए तैयार हैं!"

उसका दिल ज़ोर से धड़कने लगा।

"क्या सच में? क्या ये वही सपना है, जिसके लिए मैं इतनी रातों तक जागा हूँ?"

वह तुरंत अपनी कुर्सी से उठा और कमरे में इधर-उधर टहलने लगा।

यह उसकी मेहनत की सबसे बड़ी जीत थी।

पहली बार, उसकी कहानियाँ सिर्फ डायरी तक सीमित नहीं थीं—अब वे दुनिया तक पहुँचने वाली थीं!

लेकिन असली सवाल अब यह था—आगे क्या?

क्या एक कहानी छपने से सब कुछ बदल जाएगा?

या फिर यह सिर्फ एक शुरुआत थी?

शिव जानता था कि सफर अभी लंबा है, लेकिन अब उसे यकीन हो चुका था—

"अगर मैंने यहाँ तक का सफर तय किया है, तो अब मैं कहीं नहीं रुकने वाला!"

शिव ने गहरी सांस ली और फोन को टेबल पर रख दिया।

यह जीत उसकी उम्मीदों से बड़ी थी, लेकिन क्या यह सफर यहीं खत्म हो गया था?

"नहीं, यह तो बस शुरुआत है!" उसने खुद से कहा।

अब उसे सिर्फ एक कहानी नहीं लिखनी थी, अब उसे एक लेखक बनना था!

उसने अपनी नोटबुक उठाई और अगले लक्ष्य के बारे में सोचना शुरू किया—

"क्या अब मुझे अपनी खुद की किताब पर काम करना चाहिए?"

यह ख्याल पहले भी उसके दिमाग में आया था, लेकिन अब यह सिर्फ एक सपना नहीं था, अब यह एक प्लान था।

उसने अपनी पुरानी कहानियाँ देखीं, अपने विचारों को इकट्ठा किया और एक नई डायरी खोली।

"अब मैं सिर्फ लिखूँगा नहीं, मैं अपनी पहचान बनाऊँगा!"

शिव के सफर की असली परीक्षा अब शुरू हो चुकी थी।

शिव अब पहले जैसा नहीं रहा था।

पहले जहाँ वह सिर्फ सोचता था, अब वह हर दिन अपने सपने के करीब बढ़ रहा था।

उसने अपनी डायरी के पहले पन्ने पर लिखा—

"यह सिर्फ एक कहानी की जीत नहीं, यह मेरी पहचान बनाने की शुरुआत है!"

अब वह सिर्फ एक लेखक नहीं बनना चाहता था, अब वह अपनी खुद की किताब लिखना चाहता था।

लेकिन यह सफर आसान नहीं था।

"क्या मैं सच में एक किताब लिख सकता हूँ?"

"क्या लोग इसे पढ़ेंगे?"

"क्या यह सिर्फ एक और अधूरा सपना बनकर रह जाएगा?"

लेकिन इस बार, शिव ने अपने डर को खुद पर हावी नहीं होने दिया।

उसने तुरंत एक नया पेज खोला और पहला शब्द लिखा—

"हर सफर की शुरुआत एक कदम से होती है, और यह मेरा पहला कदम है!"

अब उसकी कलम नहीं रुकेगी।

अब वह अपनी कहानी दुनिया तक पहुँचाकर ही रहेगा!

शिव की कलम पन्नों पर दौड़ रही थी।

हर शब्द के साथ वह खुद को और मजबूत महसूस कर रहा था।

पहले जहाँ वह अपने सपनों पर शक करता था, अब उसके अंदर सिर्फ एक ही भावना थी—"मुझे इसे पूरा करना ही है!"

"मैं अपनी किताब लिखूँगा, चाहे जितना भी समय लगे!"

वह घंटों तक लिखता, फिर खुद ही पढ़ता, एडिट करता, और दोबारा लिखता।

हर दिन उसका आत्मविश्वास बढ़ता जा रहा था।

लेकिन एक नई चुनौती सामने थी—

"क्या कोई इसे छापेगा?"

उसने रिसर्च शुरू की—कौन-कौन से पब्लिशर्स नए लेखकों को मौका देते हैं? कैसे एक किताब को प्रकाशित करवाया जाता है?

अब वह सिर्फ लिख नहीं रहा था, अब वह अपने सपनों को असलियत में बदलने की राह पर था।

यह सफर मुश्किल था, लेकिन अब वह किसी भी हाल में रुकने वाला नहीं था!

शिव अब सिर्फ लिखने तक सीमित नहीं था—वह अपने शब्दों को दुनिया तक पहुँचाने के लिए सही रास्ता भी तलाश रहा था।

हर दिन वह पब्लिशिंग हाउस के बारे में पढ़ता, नए लेखकों की कहानियाँ देखता, और खुद से पूछता—

"क्या मैं भी अपनी किताब छपवा सकता हूँ?"

इंटरनेट पर उसने कई लेखकों के संघर्ष पढ़े—

कोई 10 बार रिजेक्ट हुआ था,

कोई 50 बार,

कोई 100 बार,

लेकिन एक बात सबमें समान थी—उन्होंने हार नहीं मानी!

शिव को अब और हिम्मत मिली।

"अगर मुझे अपनी किताब छपवानी है, तो मुझे भी खुद को साबित करना होगा!"

उसने कुछ पब्लिशिंग हाउस की लिस्ट बनाई और सोचने लगा कि सबसे पहले किसे संपर्क किया जाए।

"शायद शुरुआत कठिन होगी, लेकिन यह मेरा सफर है—और इसे मैं खुद तय करूँगा!"

अब शिव सिर्फ एक लेखक नहीं था—अब वह अपनी पहचान बनाने के लिए तैयार था!

शिव ने पब्लिशिंग हाउस की लिस्ट बनाई और एक-एक कर मेल तैयार करने लगा।

हर मेल में उसने अपनी कहानी का सार, अपनी लेखन शैली और अपनी किताब के विचार को विस्तार से समझाया।

लेकिन हर बार भेजने से पहले उसके मन में एक सवाल उठता—

"अगर फिर से रिजेक्ट हो गया तो?"

पर इस बार, वह डर के आगे नहीं झुका।

"अगर मैं कोशिश नहीं करूँगा, तो कभी जान नहीं पाऊँगा कि मेरी काबिलियत क्या है!"

उसने एक गहरी सांस ली और पहला मेल भेज दिया।

फिर दूसरा, तीसरा, चौथा...

अब वह इंतजार कर रहा था।

हर बीतते दिन के साथ उसका उत्साह बढ़ रहा था, लेकिन मन के किसी कोने में हल्की सी घबराहट भी थी।

"क्या कोई मुझे जवाब देगा?"

एक दिन, जब वह अपनी नई कहानी पर काम कर रहा था, तभी उसका फोन वाइब्रेट हुआ।

"प्रिय शिव, हमें आपकी किताब का प्रस्ताव मिला, और हम इसे लेकर चर्चा करना चाहते हैं..."

शिव की धड़कनें तेज़ हो गईं।

"क्या यह मेरा मौका है?"

शिव का दिल ज़ोर-ज़ोर से धड़कने लगा।

"क्या यह सच में हो रहा है?"

उसने जल्दी से मेल दोबारा पढ़ा—

"हमें आपकी किताब का प्रस्ताव मिला, और हम इस पर चर्चा करना चाहते हैं। कृपया हमें अपनी उपलब्धता बताइए।"

यह सिर्फ एक मेल नहीं था—यह उसके सपने का पहला बड़ा दरवाजा खुलने जैसा था!

उसने झट से लैपटॉप खोला और जवाब टाइप किया—

"धन्यवाद! मैं किसी भी समय उपलब्ध हूँ। कृपया आगे की प्रक्रिया बताइए।"

मेल भेजते ही उसकी उंगलियाँ काँप रही थीं।

उसने कुर्सी से उठकर कमरे में चहल-कदमी शुरू कर दी।

"अगर यह बातचीत सफल रही, तो मेरी पहली किताब छप सकती है!"

लेकिन फिर उसके मन में एक और सवाल आया—

"अगर वे शर्तें रखेंगे? अगर मुझे अपनी कहानी में बदलाव करने होंगे?"

क्या वह अपने विचारों से समझौता करेगा, या अपनी पहचान को बनाए रखेगा?

यह उसके सफर का सबसे बड़ा फैसला होने वाला था।

शिव का मन बेचैन था।

एक तरफ उसका सपना था—अपनी किताब को प्रकाशित होते देखना।

दूसरी तरफ एक डर था—"अगर उन्होंने मेरी कहानी में बड़े बदलाव मांगे तो?"

क्या वह अपनी असली सोच से समझौता करेगा?

या फिर अपनी शर्तों पर चलेगा, चाहे नतीजा जो भी हो?

उसने गहरी सांस ली और खुद से कहा—

"अगर यह मेरी कहानी है, तो इसे मेरे तरीके से ही दुनिया के सामने आना चाहिए!"

अगले दिन पब्लिशिंग हाउस की टीम से उसकी कॉल शेड्यूल हुई।

वह लैपटॉप के सामने बैठा, उसकी हथेलियाँ पसीने से भीग रही थीं।

कुछ देर बाद, स्क्रीन पर नाम चमका—"प्रकाशन टीम"

शिव ने कॉल रिसीव की।

"हैलो शिव, हमें आपकी कहानी पसंद आई। हम इसे प्रकाशित करना चाहते हैं, लेकिन..."

शिव की साँसें थम गईं।

"लेकिन क्या?"

"हमें इसमें कुछ बदलाव करने होंगे।"

यही वह क्षण था, जिसका उसे सबसे ज्यादा डर था।

क्या वह इस मौके को हाथ से जाने देगा?

या अपनी शर्तों पर डटा रहेगा?

यह उसकी अब तक की सबसे बड़ी परीक्षा थी।

शिव की उंगलियाँ टेबल पर हल्के-हल्के थरथरा रही थीं।

"बदलाव?"

यह शब्द उसके कानों में गूंज रहा था।

पब्लिशिंग हाउस के व्यक्ति ने आगे कहा, "हम आपकी कहानी को पसंद करते हैं, लेकिन कुछ हिस्से हैं जो मार्केटिंग के हिसाब से बदलने होंगे।"

शिव चुप था।

"क्या बदलाव?" उसने धीमी आवाज़ में पूछा।

"हम चाहते हैं कि कहानी का अंत थोड़ा सकारात्मक हो। पाठकों को एक प्रेरणादायक संदेश मिले। और हाँ, आपको कुछ किरदारों को हल्का बदलना होगा ताकि यह बड़े दर्शकों तक पहुँच सके।"

शिव की आँखें स्क्रीन पर टिकी थीं।

यह उसके लिए गर्व का पल था कि उसकी कहानी प्रकाशित हो सकती थी, लेकिन... क्या वह अपनी सोच से समझौता कर सकता था?

उसके मन में स्नेहा के शब्द गूंजे—

"अगर तुम्हारा सपना सच्चा है, तो तुम्हें उसके लिए लड़ना पड़ेगा!"

क्या वह अपने सपने के साथ समझौता करने वाला था?

या फिर अपनी शर्तों पर इसे आगे बढ़ाएगा?

कुछ सेकंड की चुप्पी के बाद, शिव ने गहरी साँस ली और कहा—

"अगर यह मेरी कहानी है, तो इसे मेरे तरीके से ही जाना चाहिए!"

अब देखना था कि सामने वाला क्या जवाब देता है...

स्क्रीन के दूसरी तरफ कुछ सेकंड की चुप्पी छा गई।

फिर पब्लिशिंग हाउस के व्यक्ति की आवाज़ आई—

"शिव, हम समझ सकते हैं कि आपकी कहानी आपके लिए कितनी अहम है। लेकिन पब्लिशिंग इंडस्ट्री में कभी-कभी थोड़ा बदलाव ज़रूरी होता है ताकि किताब ज़्यादा लोगों तक पहुँच सके।"

शिव की साँसें तेज़ हो गईं।

"लेकिन अगर मैं बदलाव नहीं करना चाहूँ तो?" उसने सीधा सवाल किया।

"अगर आप बदलाव नहीं करना चाहते, तो हम इसे प्रकाशित करने के बारे में दोबारा सोचेंगे।"

शिव को लगा जैसे किसी ने उसकी उम्मीदों को झटका दिया हो।

क्या उसे अपने सपने को पूरा करने के लिए अपनी सोच से समझौता करना होगा?

वह दुविधा में था।

"क्या यह एक मौका है जो दोबारा नहीं मिलेगा?"

या फिर उसे अपनी सच्चाई के साथ खड़ा रहना चाहिए?

उसने आँखें बंद कीं, एक गहरी साँस ली और फिर ठोस आवाज़ में जवाब दिया—

"मुझे मौका चाहिए, लेकिन अपने तरीके से। अगर आप मेरी कहानी को उसी रूप में स्वीकार कर सकते हैं, तो मुझे खुशी होगी। वरना मैं इंतजार कर लूंगा, लेकिन समझौता नहीं करूंगा।"

अब फैसला पब्लिशिंग हाउस के हाथ में था।

क्या वे शिव के आत्मविश्वास को समझेंगे?

या फिर यह मौका उसके हाथ से निकल जाएगा?

शिव की बात सुनकर पब्लिशिंग हाउस के प्रतिनिधि कुछ सेकंड के लिए चुप हो गए।

फिर उन्होंने कहा, "हम आपकी सोच की कद्र करते हैं, लेकिन हमें अपनी मार्केटिंग रणनीति भी देखनी होती है।"

शिव को अंदाजा था कि ऐसा जवाब मिलेगा।

उसने शांत स्वर में कहा, "मैं समझ सकता हूँ। लेकिन अगर मैं अपनी पहली किताब में ही अपनी पहचान से समझौता कर लूँ, तो आगे क्या करूंगा?"

सामने वाले व्यक्ति ने हल्की हंसी भरी सांस ली, "शिव, बहुत कम लेखक अपनी पहली किताब में ऐसी शर्तें रख पाते हैं। लेकिन हम आपकी कहानी में विश्वास रखते हैं। हम आपकी मूल सोच को बनाए रखते हुए इसे पब्लिश करने के लिए तैयार हैं।"

शिव की आँखें चमक उठीं।

"क्या सच में?"

"हाँ, लेकिन कुछ मामूली एडिट्स के साथ, जो आपकी मूल भावना को प्रभावित नहीं करेंगे।"

शिव ने राहत की सांस ली।

उसका सपना सच हो रहा था, बिना किसी समझौते के!

अब उसकी पहली किताब दुनिया के सामने आने वाली थी।

लेकिन यह सिर्फ एक किताब नहीं थी—यह उसकी मेहनत, संघर्ष और उसके आत्म-सम्मान की जीत थी!

शिव ने अब खुद को बदलने का फैसला कर लिया था। अकेलापन अब उसके लिए कमजोरी नहीं, बल्कि ताकत बन चुका था। लेकिन क्या यह सफर आसान होगा? नहीं। असली लड़ाई तो अब शुरू हुई थी—अपने सपनों के लिए, अपने अस्तित्व के लिए, और उस समाज के खिलाफ जिसने उसे कमजोर समझा था। उसने पहली बार बिना किसी डर के अपनी डायरी में लिखा—

"अब मैं खुद के लिए जिऊँगा।" पर सवाल यह था—कैसे?

शिव सुबह जल्दी उठा। यह पहला दिन था जब उसने खुद को नया महसूस किया।

कमरे में हल्की रोशनी फैली थी, और खिड़की से आती ताज़ी हवा ने उसके मन को हल्का कर दिया। उसने अपनी डायरी खोली और खुद से वादा किया— "अब मैं अपने सपनों की राह पर अकेला चलूँगा, लेकिन मजबूती के साथ!" लेकिन जैसे ही वह कमरे से बाहर निकला, दुनिया अब भी वही थी।

पिता का वही कठोर रवैया, माँ की आँखों में वही चिंता, पड़ोसियों की वही बातें—

"क्या कर रहा है लड़का?"

"कोई काम-धंधा करेगा या बस सपनों में ही जिएगा?"

शिव ने पहली बार इन सब पर ध्यान नहीं दिया।

आज वह सिर्फ एक ही चीज़ के बारे में सोच रहा था—खुद को साबित करने के बारे में।

शिव बिना कुछ कहे घर से बाहर निकल गया। वह तेज़ कदमों से चल रहा था, लेकिन अंदर ही अंदर एक अजीब सा दबाव महसूस कर रहा था।

क्या सच में यह सफर आसान होगा?

क्या बिना किसी सहारे के आगे बढ़ा जा सकता है?

उसके पास अब न स्नेहा थी, न परिवार का सपोर्ट, और न ही कोई दोस्त जो उसे समझ सके।

लेकिन अब उसे किसी की जरूरत भी नहीं थी।

वह बस एक ही चीज़ चाहता था—अपने सपनों को सच करना, खुद को साबित करना।

शिव ने एक कैफे में जाकर अपनी नोटबुक निकाली और लिखना शुरू किया। पहली बार, उसने किसी और के लिए नहीं, बल्कि खुद के लिए लिखा। शब्द तेज़ी से पन्नों पर उतरते गए। हर वाक्य के साथ उसका आत्मविश्वास बढ़ता जा रहा था। अब यह सिर्फ एक सपना नहीं था। यह उसकी नई ज़िंदगी की शुरुआत थी। शिव लिखता गया, बिना रुके, बिना किसी डर के। पहली बार, उसे ऐसा लग रहा था कि शब्दों के ज़रिए वह खुद को फिर से बना रहा है। हर लाइन में उसका दर्द था, उसकी तकलीफें थीं, लेकिन सबसे ज्यादा उसमें उसकी नई ताकत थी। "मैं कमजोर नहीं हूँ। मैंने अकेलेपन को हराया है, और अब मैं अपने लिए जिऊँगा।" कैफे में उसके आसपास लोग थे, लेकिन वह अब भी अकेला था—पर इस बार यह अकेलापन उसे मजबूत बना रहा था। शिव ने एक लंबी सांस ली और अपनी नोटबुक बंद की। "पहला कदम उठ चुका है, अब पीछे मुड़ने का कोई सवाल ही नहीं है।" उसने अपनी नोटबुक को ध्यान से देखा और खुद से कहा— "अब मैं रुकने वाला नहीं।"

शिव ने अपनी नोटबुक को कसकर पकड़ा। यह सिर्फ कागज़ के पन्ने नहीं थे, यह उसका जुनून, उसका संघर्ष और उसका सपना था।

लेकिन सवाल यह था—अब आगे क्या?

क्या सिर्फ लिखने से सपने पूरे हो जाते हैं?

क्या दुनिया उसे स्वीकार करेगी?

शिव ने गहरी सांस ली। "मैं बस कोशिश कर सकता हूँ, हार मानना अब ऑप्शन नहीं है।"****"मुझे खुद को साबित करना होगा।"

वह कैफे से बाहर निकला।

हवा में हल्की ठंडक थी, लेकिन उसके अंदर एक नई आग जल रही थी।

आज पहली बार उसे अहसास हुआ कि शायद सफलता अकेलेपन के बाद ही मिलती है।

शिव कैफ़े से बाहर निकला और तेज़ कदमों से सड़क पर चलता रहा।

हर तरफ लोग अपने-अपने कामों में व्यस्त थे, किसी को उसकी परवाह नहीं थी। और अब उसे भी किसी की परवाह नहीं थी।

पहले वह सोचता था कि दुनिया उसे समझेगी, पर अब उसे एहसास हो गया था कि दुनिया सिर्फ नतीजों को देखती है, संघर्ष को नहीं।

"अगर मैं सफल हो गया, तो यही लोग मेरी तारीफ करेंगे, और अगर नहीं हुआ, तो कोई याद भी नहीं करेगा।"

शिव के कदम अब और तेज़ हो गए।

उसे कहीं पहुँचना था, लेकिन सबसे पहले उसे खुद के अंदर उस जगह तक पहुँचना था जहाँ डर खत्म हो जाता है।

उसने एक चौराहे पर रुककर गहरी सांस ली।

"अब मैं अपने लिए जीऊँगा, अपने सपनों के लिए।"

यह पहली बार था जब उसने यह बात पूरी सच्चाई से महसूस की।

शिव चौराहे पर खड़ा था, चारों ओर भागती-दौड़ती ज़िंदगी को देख रहा था।

लोग अपने-अपने रास्तों पर थे, कोई ऑफिस जा रहा था, कोई बाज़ार की ओर, और कोई बेपरवाह अपनी दुनिया में खोया था।

लेकिन शिव?

वह अब भी अपनी राह खोज रहा था।

उसने अपनी नोटबुक को कसकर पकड़ लिया। यह उसकी पहचान थी, उसका सपना था।

उसने मन ही मन सोचा, "अगर मुझे कुछ बड़ा करना है, तो अब इसे सिर्फ कागज़ तक सीमित नहीं रखना है।"

उसे अपनी कहानियों को लोगों तक पहुँचाना था।

पर कैसे?

क्या कोई उसकी कहानी पढ़ेगा? क्या कोई उसके शब्दों को समझेगा?

या फिर यह भी बस अधूरे सपनों की तरह खो जाएगा?

लेकिन फिर उसने खुद को रोका।

"अगर मैंने कोशिश ही नहीं की, तो मैं हार पहले ही मान चुका हूँ।"

शिव ने पहली बार खुद पर भरोसा किया।

अब उसे किसी की मंज़ूरी की ज़रूरत नहीं थी, बस खुद को आगे बढ़ाने की हिम्मत चाहिए थी।

"शुरुआत छोटी होगी, लेकिन यह सफर बड़ा बनेगा!"

शिव ने एक ठंडी सांस ली और आगे बढ़ गया।

अब वह सिर्फ सोच नहीं रहा था, अब वह अपने सपने को हकीकत में बदलने के लिए कदम बढ़ा चुका था।

उसके दिमाग में एक ही सवाल था—"मुझे अपनी कहानियों को कहाँ भेजना चाहिए?"

क्या किसी पत्रिका में?

क्या सोशल मीडिया पर?

या किसी पब्लिशर के पास?

उसने अपनी जेब से फोन निकाला और जल्दी-जल्दी कुछ नाम सर्च करने लगा—"नई लेखकों के लिए प्लेटफॉर्म," "कहानी कैसे पब्लिश करें," "पहली किताब कैसे छपवाएँ?"

स्क्रीन पर कई ऑप्शन आए। कुछ ऑनलाइन ब्लॉग्स थे, कुछ पत्रिकाओं की वेबसाइट्स, और कुछ ऐसे प्लेटफॉर्म जहाँ नए लेखक अपनी कहानियाँ भेज सकते थे।

"यही सही मौका है। मुझे शुरुआत करनी होगी!"

उसने अपनी सबसे अच्छी कहानी चुनी और एक ऑनलाइन मैगज़ीन की वेबसाइट पर सबमिट कर दी।

अब इंतज़ार था...

क्या उसकी कहानी स्वीकार होगी?

या फिर यह भी अनदेखी कर दी जाएगी?

शिव ने फोन बंद किया और लंबी सांस ली।

आज पहली बार उसने खुद को साबित करने के लिए एक कदम उठाया था।

अब सफर शुरू हो चुका था।

शिव ने कहानी सबमिट कर दी थी, लेकिन मन अब भी बेचैन था।

क्या उसकी कहानी किसी को पसंद आएगी?

क्या कोई उसे नोटिस करेगा?

उसके अंदर उम्मीद और डर दोनों थे।

"अगर मेरी कहानी रिजेक्ट हो गई, तो क्या होगा?"

लेकिन फिर उसने खुद से कहा, "अगर मैंने डर के कारण कोशिश ही नहीं की, तो मैं पहले ही हार चुका हूँ।"

उसने कॉफी का एक घूंट लिया और अपनी नोटबुक दोबारा खोली।

"एक कहानी खत्म नहीं हुई, यह तो बस शुरुआत है!"

उसने बिना समय गंवाए एक नई कहानी लिखनी शुरू कर दी।

अब वह इंतज़ार नहीं करेगा, अब वह लगातार प्रयास करेगा।

पहली कहानी छपे या न छपे, लेकिन उसकी मेहनत रुकेगी नहीं।

शिव पहली बार सच में आगे बढ़ चुका था।

शिव लिखता गया, बिना रुके, बिना थके।

हर शब्द के साथ उसे लग रहा था कि वह खुद को फिर से बना रहा है।

पहले जब वह लिखता था, तो उसे स्नेहा से चर्चा करनी पड़ती थी। परिवार के ताने सुनने पड़ते थे। लेकिन अब?

अब कोई रोकने वाला नहीं था।

अब सिर्फ वह था और उसका सपना।

उसने नई कहानी पूरी की और तुरंत दूसरी पत्रिका की वेबसाइट पर भेज दी।

अब वह सिर्फ एक मौके का इंतज़ार नहीं कर रहा था, अब वह लगातार मौके बना रहा था।

शिव को अब फर्क नहीं पड़ता था कि पहली कहानी रिजेक्ट होती है या स्वीकार।

"अगर एक बंद होगा, तो मैं दूसरा दरवाज़ा खोल दूँगा।"

यह सोचते ही उसके चेहरे पर हल्की मुस्कान आ गई।

शायद पहली बार, उसे लगा कि उसने सही रास्ता चुन लिया है।

शिव अब बदल चुका था।

जहाँ पहले वह रिजेक्शन से डरता था, अब वह उसे अपनी ताकत बना रहा था।

हर दिन वह एक नई कहानी लिखता, उसे कहीं न कहीं भेजता, और अगले मौके की तलाश में लग जाता।

"अगर एक रास्ता बंद होगा, तो दूसरा खुलेगा। मैं बस चलते रहूँगा!"

लेकिन सफर आसान नहीं था।

पहली कहानी के बाद दूसरी, फिर तीसरी— हर जगह से कोई जवाब नहीं आ रहा था।

कभी-कभी मन में सवाल उठता—"क्या मैं सही कर रहा हूँ?"

पर अब वह पीछे हटने वालों में से नहीं था।

उसने खुद से वादा किया था—

"जब तक मेरी कहानियाँ इस दुनिया तक नहीं पहुँचतीं, मैं हार नहीं मानूँगा!"

शिव की कहानियाँ अब तक कई जगह भेजी जा चुकी थीं, लेकिन कहीं से कोई जवाब नहीं आया था।

"क्या मैं सच में अच्छा लिख रहा हूँ?"

यह सवाल उसके दिमाग में बार-बार आता, लेकिन इस बार उसने इसे अपने जुनून पर हावी नहीं होने दिया।

उसने इंटरनेट पर सफल लेखकों की कहानियाँ पढ़नी शुरू कीं—

"पहली बार में कोई सफल नहीं होता।"

"हर महान लेखक को रिजेक्शन झेलना पड़ा है।"

"अगर तुम हार मान लोगे, तो कभी आगे नहीं बढ़ पाओगे!"

शिव को अब समझ में आ रहा था कि यह सफर धैर्य का है।

"हर दिन थोड़ा-थोड़ा बेहतर बनूँगा, और एक दिन मेरी मेहनत रंग लाएगी!"

वह फिर से अपनी डायरी लेकर बैठ गया और एक नई कहानी लिखने लगा।

अब वह इंतजार नहीं कर रहा था, अब वह सिर्फ आगे बढ़ रहा था!

रात के 2 बजे थे। पूरा शहर सो रहा था, लेकिन शिव की कलम अब भी चल रही थी।

उसकी आँखें थक चुकी थीं, लेकिन उसके अंदर की आग अब भी जल रही थी।

"अगर मुझे कुछ बड़ा करना है, तो मुझे खुद को धकेलना ही होगा।"

उसने अपनी नई कहानी पूरी की और एक और पत्रिका में भेज दी।

अब वह जवाब का इंतज़ार नहीं कर रहा था, अब वह सिर्फ मेहनत कर रहा था।

परिवार अब भी उस पर शक कर रहा था।

"क्या तेरा इससे कोई फायदा होगा?" पिता ने एक दिन पूछा था।
"तू बस अपना समय बर्बाद कर रहा है," माँ ने चिंता जताई थी।

लेकिन इस बार, शिव को किसी जवाब की जरूरत नहीं थी।

वह जानता था कि अगर उसने खुद को साबित कर दिया, तो यही लोग एक दिन उसकी तारीफ करेंगे।

अब वह बस चलता जा रहा था—अकेले, मगर पूरे आत्मविश्वास के साथ।

हर सुबह शिव उठता, अपनी नोटबुक खोलता और लिखने में लग जाता।

अब यह सिर्फ एक आदत नहीं थी, बल्कि यह उसका जीने का तरीका बन चुका था।

हर कहानी के साथ वह खुद को और निखार रहा था।

पहले जहाँ एक पेज लिखने में उसे घंटे लग जाते थे, अब शब्द खुद-ब-खुद बहने लगे थे।

लेकिन सवाल वही था—क्या कोई इन कहानियों को पढ़ भी रहा था?

फिर एक दिन, उसका फोन बजा।

"शिव, तुम्हारी कहानी हमें पसंद आई! हम इसे अपनी पत्रिका में प्रकाशित करना चाहते हैं!"

उसने स्क्रीन पर नजरें गड़ा दीं।

यह वही ऑनलाइन मैगज़ीन थी, जहाँ उसने हफ्तों पहले अपनी पहली कहानी भेजी थी।

शिव की उंगलियाँ काँपने लगीं।

"क्या सच में? मेरी कहानी?"

यह उसकी मेहनत का पहला फल था।

"शुरुआत छोटी ही सही, लेकिन अब सफर शुरू हो चुका था!"

शिव की आँखें फोन की स्क्रीन पर टिक गईं।

"हम आपकी कहानी प्रकाशित करना चाहते हैं!"

ये शब्द उसकी मेहनत की पहली जीत थे।

उसका दिल तेज़ी से धड़कने लगा।

उसने झट से मेल खोला और पत्रिका की टीम को जवाब लिखा—

"धन्यवाद! यह मेरे लिए बहुत खास है। कृपया आगे की प्रक्रिया बताइए।"

मेल भेजते ही उसकी साँसें तेज़ हो गईं।

"सपना सच हो रहा है!"

वह कुर्सी से उठा और कमरे में टहलने लगा।

अब तक परिवार को यकीन नहीं था, लेकिन अब उसे खुद को और उन्हें साबित करना था।

आज पहली बार उसे लगा कि उसने सही रास्ता चुना है।

लेकिन यह सिर्फ एक शुरुआत थी...

अब सफर और बड़ा होने वाला था!

शिव की आँखों में चमक थी।

पहली बार, उसकी मेहनत का कोई नतीजा सामने आया था।

लेकिन यह सिर्फ एक छोटी जीत थी—असली सफर तो अब शुरू हुआ था।

वह माँ-पापा को यह खबर बताना चाहता था, लेकिन कहीं न कहीं एक डर भी था।

"क्या वे खुश होंगे? या फिर इसे भी छोटा समझेंगे?"

उसने धीरे से माँ को आवाज़ दी—

"माँ, मेरी कहानी छप रही है!"

माँ ने चौंककर उसकी तरफ देखा।

"सच?"

उनकी आँखों में खुशी और चिंता दोनों थीं।

पिता अखबार पढ़ रहे थे, लेकिन उन्होंने भी हल्का सिर उठाया।

"कौन सी पत्रिका?" उन्होंने संक्षेप में पूछा।

शिव ने उन्हें नाम बताया, लेकिन उनका चेहरा सपाट ही रहा।

"अच्छा है। लेकिन इससे कुछ मिलेगा?"

शिव मुस्कुराया।

"हाँ, यह मेरा पहला कदम है। अभी शुरुआत है, लेकिन यही आगे रास्ता खोलेगा!"

पिता कुछ नहीं बोले, लेकिन माँ के चेहरे पर हल्की संतुष्टि थी।

शिव जानता था कि यह उनके लिए उतना बड़ा नहीं था, लेकिन उसके लिए यह उसकी दुनिया बदलने जैसा था।

अब वह पीछे नहीं हटने वाला था।

अब यह उसका सफर बन चुका था।

शिव के मन में अब एक नई ऊर्जा थी।

पहली सफलता ने उसे अहसास कराया कि अगर उसने खुद पर भरोसा रखा, तो यह बस एक शुरुआत थी।

लेकिन उसके सामने अब एक नई चुनौती थी—क्या यह सिर्फ एक संयोग था, या वह इसे एक लगातार सफर बना सकता था?

उसने अपनी नोटबुक निकाली और एक नई कहानी पर काम करना शुरू किया।

पहले जहाँ वह लिखने से पहले घबराता था, अब उसके हाथ बिना रुके चलते रहे।

"अगर एक कहानी छपी है, तो अगली भी छपेगी। और फिर एक दिन, मेरी खुद की किताब होगी!"

परिवार अब भी उसे पूरी तरह सपोर्ट नहीं कर रहा था, लेकिन इस बार शिव को किसी की मंज़ूरी की ज़रूरत नहीं थी।

अब उसे सिर्फ अपने सपने को सच करने की जिद थी।

शाम को, उसने इंटरनेट पर दूसरी पत्रिकाओं और पब्लिशिंग हाउस की लिस्ट निकाली।

"अब हर दिन, हर हफ्ते मैं अपनी कहानियाँ भेजूँगा। मैं खुद को रोने नहीं दूँगा, रुकने नहीं दूँगा!"

अब सफर शुरू हो चुका था, और इस बार वह इसे अधूरा नहीं छोड़ेगा

शिव अब सिर्फ सपने नहीं देख रहा था, वह उन्हें जी भी रहा था।

हर दिन एक नया लक्ष्य, हर रात एक नई कहानी।

अब उसकी कहानियाँ सिर्फ डायरी तक सीमित नहीं थीं, वह उन्हें दुनिया तक पहुँचा रहा था।

कुछ जगहों से जवाब नहीं आते थे, कुछ जगहों से रिजेक्शन मिलते थे, लेकिन अब उसे कोई फर्क नहीं पड़ता था।

"अगर हर बार सफलता ही मिलती, तो मेहनत की अहमियत कौन समझता?"

अब वह इस सफर का हर पल जी रहा था।

एक दिन, जब वह अपनी नई कहानी पूरी कर रहा था, तभी उसका फोन फिर से बजा।

यह उसी पत्रिका का मेल था—"हमें आपकी दूसरी कहानी भी पसंद आई। हम इसे भी छापना चाहते हैं!"

शिव की आँखें चमक उठीं।

"अब मैं सही राह पर हूँ। अब मैं खुद को रोकने नहीं दूँगा!"

शिव की उंगलियाँ काँप रही थीं, लेकिन इस बार डर से नहीं—उत्साह से!

पहली कहानी के बाद अब दूसरी भी छप रही थी।

यह साबित करता था कि पहली सफलता सिर्फ संयोग नहीं थी—वह सच में आगे बढ़ रहा था।

उसने झट से मेल पढ़ा और जवाब दिया—

"धन्यवाद! यह मेरे लिए बहुत मायने रखता है। कृपया आगे की प्रक्रिया बताइए।"

मेल भेजते ही उसके चेहरे पर एक अलग चमक थी।

लेकिन यह सफर यहीं नहीं रुक सकता था।

उसने अपनी नोटबुक उठाई और एक नया पेज पलटा।

"अब मुझे सिर्फ एक लेखक नहीं बनना, एक पहचान बनानी है!"

अब हर रिजेक्शन, हर चुनौती सिर्फ उसे और मजबूत बना रही थी।

अब वह सिर्फ खुद को साबित नहीं कर रहा था, बल्कि अपने सपनों को ज़िंदा कर रहा था!

शिव की दुनिया अब बदलने लगी थी।

पहले जहाँ वह अकेलापन महसूस करता था, अब वही अकेलापन उसे और मेहनत करने की ताकत दे रहा था।

"अगर मैं आज मेहनत नहीं करूँगा, तो कल मुझ पर कोई भरोसा नहीं करेगा।"

हर सुबह वह नई कहानी पर काम करता, और हर रात उसे कहीं न कहीं भेजता।

अब उसे रिजेक्शन से डर नहीं लगता था, बल्कि हर 'न' उसे और मजबूत बना रहा था।

लेकिन सफर आसान नहीं था।

घर में अब भी उसके करियर को लेकर सवाल उठाए जाते थे।

"बस ये लिखने से क्या होगा? कुछ ठोस करियर का भी सोचा है?" पिता ने एक दिन फिर पूछा।

इस बार, शिव के पास जवाब था।

"हाँ, करियर ही बना रहा हूँ। लेकिन अपने तरीके से!"

पिता ने कोई जवाब नहीं दिया, लेकिन उनकी आँखों में हल्का सा बदलाव था—शायद अब वे भी देख रहे थे कि शिव हार मानने वालों में से नहीं है।

अब यह सिर्फ एक सफर नहीं था, यह उसकी पहचान बनने का रास्ता था।

और वह इसे अधूरा नहीं छोड़ेगा

:

शिव अब वही नहीं रहा था, जो कुछ महीने पहले था।

जहाँ पहले वह हर बात पर संदेह करता था, अब उसमें एक अलग आत्मविश्वास था।

रिजेक्शन अब उसे कमजोर नहीं बनाते थे, बल्कि हर 'न' उसे और मेहनत करने की प्रेरणा देता था।

लेकिन असली परीक्षा अभी बाकी थी।

एक दिन, उसे एक बड़े प्रकाशन हाउस से मेल आया।

"आपकी कहानी हमें पसंद आई, लेकिन हमें कुछ बदलाव चाहिए। अगर आप तैयार हैं, तो इसे आगे बढ़ा सकते हैं।"

शिव की धड़कनें तेज़ हो गईं।

"बदलाव?"

क्या वह अपनी कहानी के मूल विचार से समझौता कर सकता था?

या फिर उसे अपने तरीके से आगे बढ़ना चाहिए?

यह अब तक का सबसे मुश्किल फैसला था।

क्या वह सफलता के लिए खुद को बदल देगा, या अपनी पहचान बनाए रखेगा?

शिव ने मेल दोबारा पढ़ा।

"अगर आप बदलाव करने के लिए तैयार हैं, तो इसे आगे बढ़ाया जा सकता है।"

उसके दिमाग में सवाल उठने लगे—

"क्या सफलता पाने के लिए मुझे अपने शब्दों से समझौता करना होगा?"

यह मौका बड़ा था, लेकिन क्या यह सही था?

उसने कुछ देर सोचा, फिर अपनी डायरी निकाली और लिखा—

"अगर मेरा लेखन मेरी आत्मा है, तो क्या मैं इसे बदल सकता हूँ?"

शिव ने गहरी सांस ली और प्रकाशन हाउस को जवाब दिया—

"मैं बदलाव करने को तैयार हूँ, लेकिन कहानी की आत्मा वही रहेगी।"

अब जवाब का इंतजार था।

क्या वे इसे स्वीकार करेंगे?

या फिर यह भी एक और अस्वीकार की लिस्ट में जुड़ जाएगा?

शिव जानता था कि यह सफर आसान नहीं था, लेकिन अब वह पीछे नहीं हट सकता था।

यह उसकी पहचान की लड़ाई थी!

शिव ने मेल भेज दिया, लेकिन उसका दिल तेज़ी से धड़क रहा था।

क्या प्रकाशन हाउस उसकी शर्तें मान लेगा?

या फिर यह भी एक और रिजेक्शन बनकर रह जाएगा?

हर बीतते मिनट के साथ उसका धैर्य टूट रहा था, लेकिन अब वह डर से भागने वाला नहीं था।

वह जानता था कि अगर यह मौका छूट भी गया, तो वह अगला दरवाज़ा खुद बनाएगा।

"अगर एक मौका चला भी गया, तो मैं और बेहतर बनूँगा!"

तभी उसका फोन वाइब्रेट हुआ।

"आपकी शर्तें स्वीकार की जाती हैं। हम आपकी कहानी प्रकाशित करने के लिए तैयार हैं!"

शिव के हाथ काँपने लगे।

"सच? मेरी कहानी?"

यह सिर्फ एक मेल नहीं था—यह उसके सपने का पहला बड़ा कदम था!

अब उसका नाम दुनिया के सामने आने वाला था।

अब उसका संघर्ष रंग लाने वाला था।

शिव की आँखें फोन की स्क्रीन पर टिक गईं।

"हम आपकी कहानी प्रकाशित करने के लिए तैयार हैं!"

उसका दिल ज़ोर से धड़कने लगा।

"क्या सच में? क्या ये वही सपना है, जिसके लिए मैं इतनी रातों तक जागा हूँ?"

वह तुरंत अपनी कुर्सी से उठा और कमरे में इधर-उधर टहलने लगा।

यह उसकी मेहनत की सबसे बड़ी जीत थी।

पहली बार, उसकी कहानियाँ सिर्फ डायरी तक सीमित नहीं थीं—अब वे दुनिया तक पहुँचने वाली थीं!

लेकिन असली सवाल अब यह था—आगे क्या?

क्या एक कहानी छपने से सब कुछ बदल जाएगा?

या फिर यह सिर्फ एक शुरुआत थी?

शिव जानता था कि सफर अभी लंबा है, लेकिन अब उसे यकीन हो चुका था—

"अगर मैंने यहाँ तक का सफर तय किया है, तो अब मैं कहीं नहीं रुकने वाला!"

शिव ने गहरी सांस ली और फोन को टेबल पर रख दिया।

यह जीत उसकी उम्मीदों से बड़ी थी, लेकिन क्या यह सफर यहीं खत्म हो गया था?

"नहीं, यह तो बस शुरुआत है!" उसने खुद से कहा।

अब उसे सिर्फ एक कहानी नहीं लिखनी थी, अब उसे एक लेखक बनना था!

उसने अपनी नोटबुक उठाई और अगले लक्ष्य के बारे में सोचना शुरू किया—

"क्या अब मुझे अपनी खुद की किताब पर काम करना चाहिए?"

यह ख्याल पहले भी उसके दिमाग में आया था, लेकिन अब यह सिर्फ एक सपना नहीं था, अब यह एक प्लान था।

उसने अपनी पुरानी कहानियाँ देखीं, अपने विचारों को इकट्ठा किया और एक नई डायरी खोली।

"अब मैं सिर्फ लिखूँगा नहीं, मैं अपनी पहचान बनाऊँगा!"

शिव के सफर की असली परीक्षा अब शुरू हो चुकी थी।

शिव अब पहले जैसा नहीं रहा था।

पहले जहाँ वह सिर्फ सोचता था, अब वह हर दिन अपने सपने के करीब बढ़ रहा था।

उसने अपनी डायरी के पहले पन्ने पर लिखा—

"यह सिर्फ एक कहानी की जीत नहीं, यह मेरी पहचान बनाने की शुरुआत है!"

अब वह सिर्फ एक लेखक नहीं बनना चाहता था, अब वह अपनी खुद की किताब लिखना चाहता था।

लेकिन यह सफर आसान नहीं था।

"क्या मैं सच में एक किताब लिख सकता हूँ?"

"क्या लोग इसे पढ़ेंगे?"

"क्या यह सिर्फ एक और अधूरा सपना बनकर रह जाएगा?"

लेकिन इस बार, शिव ने अपने डर को खुद पर हावी नहीं होने दिया।

उसने तुरंत एक नया पेज खोला और पहला शब्द लिखा—

"हर सफर की शुरुआत एक कदम से होती है, और यह मेरा पहला कदम है!"

अब उसकी कलम नहीं रुकेगी।

अब वह अपनी कहानी दुनिया तक पहुँचाकर ही रहेगा!

शिव की कलम पन्नों पर दौड़ रही थी।

हर शब्द के साथ वह खुद को और मजबूत महसूस कर रहा था।

पहले जहाँ वह अपने सपनों पर शक करता था, अब उसके अंदर सिर्फ एक ही भावना थी—"मुझे इसे पूरा करना ही है!"

"मैं अपनी किताब लिखूँगा, चाहे जितना भी समय लगे!"

वह घंटों तक लिखता, फिर खुद ही पढ़ता, एडिट करता, और दोबारा लिखता।

हर दिन उसका आत्मविश्वास बढ़ता जा रहा था।

लेकिन एक नई चुनौती सामने थी—

"क्या कोई इसे छापेगा?"

उसने रिसर्च शुरू की—कौन-कौन से पब्लिशर्स नए लेखकों को मौका देते हैं? कैसे एक किताब को प्रकाशित करवाया जाता है?

अब वह सिर्फ लिख नहीं रहा था, अब वह अपने सपनों को असलियत में बदलने की राह पर था।

यह सफर मुश्किल था, लेकिन अब वह किसी भी हाल में रुकने वाला नहीं था!

शिव अब सिर्फ लिखने तक सीमित नहीं था—वह अपने शब्दों को दुनिया तक पहुँचाने के लिए सही रास्ता भी तलाश रहा था।

हर दिन वह पब्लिशिंग हाउस के बारे में पढ़ता, नए लेखकों की कहानियाँ देखता, और खुद से पूछता—

"क्या मैं भी अपनी किताब छपवा सकता हूँ?"

इंटरनेट पर उसने कई लेखकों के संघर्ष पढ़े—

कोई 10 बार रिजेक्ट हुआ था,

कोई 50 बार,

कोई 100 बार,

लेकिन एक बात सबमें समान थी—उन्होंने हार नहीं मानी!

शिव को अब और हिम्मत मिली।

"अगर मुझे अपनी किताब छपवानी है, तो मुझे भी खुद को साबित करना होगा!"

उसने कुछ पब्लिशिंग हाउस की लिस्ट बनाई और सोचने लगा कि सबसे पहले किसे संपर्क किया जाए।

"शायद शुरुआत कठिन होगी, लेकिन यह मेरा सफर है—और इसे मैं खुद तय करूँगा!"

अब शिव सिर्फ एक लेखक नहीं था—अब वह अपनी पहचान बनाने के लिए तैयार था!

शिव ने पब्लिशिंग हाउस की लिस्ट बनाई और एक-एक कर मेल तैयार करने लगा।

हर मेल में उसने अपनी कहानी का सार, अपनी लेखन शैली और अपनी किताब के विचार को विस्तार से समझाया।

लेकिन हर बार भेजने से पहले उसके मन में एक सवाल उठता—

"अगर फिर से रिजेक्ट हो गया तो?"

पर इस बार, वह डर के आगे नहीं झुका।

"अगर मैं कोशिश नहीं करूँगा, तो कभी जान नहीं पाऊँगा कि मेरी काबिलियत क्या है!"

उसने एक गहरी सांस ली और पहला मेल भेज दिया।

फिर दूसरा, तीसरा, चौथा...

अब वह इंतजार कर रहा था।

हर बीतते दिन के साथ उसका उत्साह बढ़ रहा था, लेकिन मन के किसी कोने में हल्की सी घबराहट भी थी।

"क्या कोई मुझे जवाब देगा?"

एक दिन, जब वह अपनी नई कहानी पर काम कर रहा था, तभी उसका फोन वाइब्रेट हुआ।

"प्रिय शिव, हमें आपकी किताब का प्रस्ताव मिला, और हम इसे लेकर चर्चा करना चाहते हैं..."

शिव की धड़कनें तेज़ हो गईं।

"क्या यह मेरा मौका है?"

शिव का दिल ज़ोर-ज़ोर से धड़कने लगा।

"क्या यह सच में हो रहा है?"

उसने जल्दी से मेल दोबारा पढ़ा—

"हमें आपकी किताब का प्रस्ताव मिला, और हम इस पर चर्चा करना चाहते हैं। कृपया हमें अपनी उपलब्धता बताइए।"

यह सिर्फ एक मेल नहीं था—यह उसके सपने का पहला बड़ा दरवाजा खुलने जैसा था!

उसने झट से लैपटॉप खोला और जवाब टाइप किया—

"धन्यवाद! मैं किसी भी समय उपलब्ध हूँ। कृपया आगे की प्रक्रिया बताइए।"

मेल भेजते ही उसकी उंगलियाँ काँप रही थीं।

उसने कुर्सी से उठकर कमरे में चहल-कदमी शुरू कर दी।

"अगर यह बातचीत सफल रही, तो मेरी पहली किताब छप सकती है!"

लेकिन फिर उसके मन में एक और सवाल आया—

"अगर वे शर्तें रखेंगे? अगर मुझे अपनी कहानी में बदलाव करने होंगे?"

क्या वह अपने विचारों से समझौता करेगा, या अपनी पहचान को बनाए रखेगा?

यह उसके सफर का सबसे बड़ा फैसला होने वाला था।

शिव का मन बेचैन था।

एक तरफ उसका सपना था—अपनी किताब को प्रकाशित होते देखना।

दूसरी तरफ एक डर था—"अगर उन्होंने मेरी कहानी में बड़े बदलाव मांगे तो?"

क्या वह अपनी असली सोच से समझौता करेगा?

या फिर अपनी शर्तों पर चलेगा, चाहे नतीजा जो भी हो?

उसने गहरी सांस ली और खुद से कहा—

"अगर यह मेरी कहानी है, तो इसे मेरे तरीके से ही दुनिया के सामने आना चाहिए!"

अगले दिन पब्लिशिंग हाउस की टीम से उसकी कॉल शेड्यूल हुई।

वह लैपटॉप के सामने बैठा, उसकी हथेलियाँ पसीने से भीग रही थीं।

कुछ देर बाद, स्क्रीन पर नाम चमका—"प्रकाशन टीम"

शिव ने कॉल रिसीव की।

"हैलो शिव, हमें आपकी कहानी पसंद आई। हम इसे प्रकाशित करना चाहते हैं, लेकिन..."

शिव की साँसें थम गईं।

"लेकिन क्या?"

"हमें इसमें कुछ बदलाव करने होंगे।"

यही वह क्षण था, जिसका उसे सबसे ज्यादा डर था।

क्या वह इस मौके को हाथ से जाने देगा?

या अपनी शर्तों पर डटा रहेगा?

यह उसकी अब तक की सबसे बड़ी परीक्षा थी।

शिव की उंगलियाँ टेबल पर हल्के-हल्के थरथरा रही थीं।

"बदलाव?"

यह शब्द उसके कानों में गूंज रहा था।

पब्लिशिंग हाउस के व्यक्ति ने आगे कहा, "हम आपकी कहानी को पसंद करते हैं, लेकिन कुछ हिस्से हैं जो मार्केटिंग के हिसाब से बदलने होंगे।"

शिव चुप था।

"क्या बदलाव?" उसने धीमी आवाज़ में पूछा।

"हम चाहते हैं कि कहानी का अंत थोड़ा सकारात्मक हो। पाठकों को एक प्रेरणादायक संदेश मिले। और हाँ, आपको कुछ किरदारों को हल्का बदलना होगा ताकि यह बड़े दर्शकों तक पहुँच सके।"

शिव की आँखें स्क्रीन पर टिकी थीं।

यह उसके लिए गर्व का पल था कि उसकी कहानी प्रकाशित हो सकती थी, लेकिन... क्या वह अपनी सोच से समझौता कर सकता था?

उसके मन में स्नेहा के शब्द गूंजे—

"अगर तुम्हारा सपना सच्चा है, तो तुम्हें उसके लिए लड़ना पड़ेगा!"

क्या वह अपने सपने के साथ समझौता करने वाला था?

या फिर अपनी शर्तों पर इसे आगे बढ़ाएगा?

कुछ सेकंड की चुप्पी के बाद, शिव ने गहरी साँस ली और कहा—

"अगर यह मेरी कहानी है, तो इसे मेरे तरीके से ही जाना चाहिए!"

अब देखना था कि सामने वाला क्या जवाब देता है...

स्क्रीन के दूसरी तरफ कुछ सेकंड की चुप्पी छा गई।

फिर पब्लिशिंग हाउस के व्यक्ति की आवाज़ आई—

"शिव, हम समझ सकते हैं कि आपकी कहानी आपके लिए कितनी अहम है। लेकिन पब्लिशिंग इंडस्ट्री में कभी-कभी थोड़ा बदलाव ज़रूरी होता है ताकि किताब ज़्यादा लोगों तक पहुँच सके।"

शिव की साँसें तेज़ हो गईं।

"लेकिन अगर मैं बदलाव नहीं करना चाहूँ तो?" उसने सीधा सवाल किया।

"अगर आप बदलाव नहीं करना चाहते, तो हम इसे प्रकाशित करने के बारे में दोबारा सोचेंगे।"

शिव को लगा जैसे किसी ने उसकी उम्मीदों को झटका दिया हो।

क्या उसे अपने सपने को पूरा करने के लिए अपनी सोच से समझौता करना होगा?

वह दुविधा में था।

"क्या यह एक मौका है जो दोबारा नहीं मिलेगा?"

या फिर उसे अपनी सच्चाई के साथ खड़ा रहना चाहिए?

उसने आँखें बंद कीं, एक गहरी साँस ली और फिर ठोस आवाज़ में जवाब दिया—

"मुझे मौका चाहिए, लेकिन अपने तरीके से। अगर आप मेरी कहानी को उसी रूप में स्वीकार कर सकते हैं, तो मुझे खुशी होगी। वरना मैं इंतजार कर लूंगा, लेकिन समझौता नहीं करूंगा।"

अब फैसला पब्लिशिंग हाउस के हाथ में था।

क्या वे शिव के आत्मविश्वास को समझेंगे?

या फिर यह मौका उसके हाथ से निकल जाएगा?

शिव की बात सुनकर पब्लिशिंग हाउस के प्रतिनिधि कुछ सेकंड के लिए चुप हो गए।

फिर उन्होंने कहा, "हम आपकी सोच की कद्र करते हैं, लेकिन हमें अपनी मार्केटिंग रणनीति भी देखनी होती है।"

शिव को अंदाजा था कि ऐसा जवाब मिलेगा।

उसने शांत स्वर में कहा, "मैं समझ सकता हूँ। लेकिन अगर मैं अपनी पहली किताब में ही अपनी पहचान से समझौता कर लूँ, तो आगे क्या करूंगा?"

सामने वाले व्यक्ति ने हल्की हंसी भरी सांस ली, "शिव, बहुत कम लेखक अपनी पहली किताब में ऐसी शर्तें रख पाते हैं। लेकिन हम आपकी कहानी में विश्वास रखते हैं। हम आपकी मूल सोच को बनाए रखते हुए इसे पब्लिश करने के लिए तैयार हैं।"

शिव की आँखें चमक उठीं।

"क्या सच में?"

"हाँ, लेकिन कुछ मामूली एडिट्स के साथ, जो आपकी मूल भावना को प्रभावित नहीं करेंगे।"

शिव ने राहत की सांस ली।

उसका सपना सच हो रहा था, बिना किसी समझौते के!

अब उसकी पहली किताब दुनिया के सामने आने वाली थी।

लेकिन यह सिर्फ एक किताब नहीं थी—यह उसकी मेहनत, संघर्ष और उसके आत्म-सम्मान की जीत थी!

शिव ने अब खुद को बदलने का फैसला कर लिया था। अकेलापन अब उसके लिए कमजोरी नहीं, बल्कि ताकत बन चुका था। लेकिन क्या यह सफर आसान होगा? नहीं। असली लड़ाई तो अब शुरू हुई थी—अपने सपनों के लिए, अपने अस्तित्व के लिए, और उस समाज के खिलाफ जिसने उसे कमजोर समझा था। उसने पहली बार बिना किसी डर के अपनी डायरी में लिखा—

"अब मैं खुद के लिए जिऊँगा।" पर सवाल यह था—कैसे?

शिव सुबह जल्दी उठा। यह पहला दिन था जब उसने खुद को नया महसूस किया।

कमरे में हल्की रोशनी फैली थी, और खिड़की से आती ताज़ी हवा ने उसके मन को हल्का कर दिया। उसने अपनी डायरी खोली और खुद से वादा किया— "अब मैं अपने सपनों की राह पर अकेला चलूँगा, लेकिन मजबूती के साथ!" लेकिन जैसे ही वह कमरे से बाहर निकला, दुनिया अब भी वही थी।

पिता का वही कठोर रवैया, माँ की आँखों में वही चिंता, पड़ोसियों की वही बातें—

"क्या कर रहा है लड़का?"

"कोई काम-धंधा करेगा या बस सपनों में ही जिएगा?"

शिव ने पहली बार इन सब पर ध्यान नहीं दिया।

आज वह सिर्फ एक ही चीज़ के बारे में सोच रहा था—खुद को साबित करने के बारे में।

शिव बिना कुछ कहे घर से बाहर निकल गया। वह तेज़ कदमों से चल रहा था, लेकिन अंदर ही अंदर एक अजीब सा दबाव महसूस कर रहा था।

क्या सच में यह सफर आसान होगा?

क्या बिना किसी सहारे के आगे बढ़ा जा सकता है?

उसके पास अब न स्नेहा थी, न परिवार का सपोर्ट, और न ही कोई दोस्त जो उसे समझ सके।

लेकिन अब उसे किसी की जरूरत भी नहीं थी।

वह बस एक ही चीज़ चाहता था—अपने सपनों को सच करना, खुद को साबित करना।

शिव ने एक कैफे में जाकर अपनी नोटबुक निकाली और लिखना शुरू किया। पहली बार, उसने किसी और के लिए नहीं, बल्कि खुद के लिए लिखा। शब्द तेज़ी से पन्नों पर उतरते गए। हर वाक्य के साथ उसका आत्मविश्वास बढ़ता जा रहा था। अब यह सिर्फ एक सपना नहीं था। यह उसकी नई ज़िंदगी की शुरुआत थी। शिव लिखता गया, बिना रुके, बिना किसी डर के। पहली बार, उसे ऐसा लग रहा था कि शब्दों के ज़रिए वह खुद को फिर से बना रहा है। हर लाइन में उसका दर्द था, उसकी तकलीफें थीं, लेकिन सबसे ज्यादा उसमें उसकी नई ताकत थी। "मैं कमजोर नहीं हूँ। मैंने अकेलेपन को हराया है, और अब मैं अपने लिए जिऊँगा।" कैफे

में उसके आसपास लोग थे, लेकिन वह अब भी अकेला था—पर इस बार यह अकेलापन उसे मजबूत बना रहा था। शिव ने एक लंबी सांस ली और अपनी नोटबुक बंद की। "पहला कदम उठ चुका है, अब पीछे मुड़ने का कोई सवाल ही नहीं है।" उसने अपनी नोटबुक को ध्यान से देखा और खुद से कहा— "अब मैं रुकने वाला नहीं।"

शिव ने अपनी नोटबुक को कसकर पकड़ा। यह सिर्फ कागज़ के पन्ने नहीं थे, यह उसका जुनून, उसका संघर्ष और उसका सपना था।

लेकिन सवाल यह था—अब आगे क्या?

क्या सिर्फ लिखने से सपने पूरे हो जाते हैं?

क्या दुनिया उसे स्वीकार करेगी?

शिव ने गहरी सांस ली। "मैं बस कोशिश कर सकता हूँ, हार मानना अब ऑप्शन नहीं है।"****"मुझे खुद को साबित करना होगा।"

वह कैफे से बाहर निकला।

हवा में हल्की ठंडक थी, लेकिन उसके अंदर एक नई आग जल रही थी।

आज पहली बार उसे अहसास हुआ कि शायद सफलता अकेलेपन के बाद ही मिलती है।

शिव कैफ़े से बाहर निकला और तेज़ कदमों से सड़क पर चलता रहा।

हर तरफ लोग अपने-अपने कामों में व्यस्त थे, किसी को उसकी परवाह नहीं थी। और अब उसे भी किसी की परवाह नहीं थी।

पहले वह सोचता था कि दुनिया उसे समझेगी, पर अब उसे एहसास हो गया था कि दुनिया सिर्फ नतीजों को देखती है, संघर्ष को नहीं।

"अगर मैं सफल हो गया, तो यही लोग मेरी तारीफ करेंगे, और अगर नहीं हुआ, तो कोई याद भी नहीं करेगा।"

शिव के कदम अब और तेज़ हो गए।

उसे कहीं पहुँचना था, लेकिन सबसे पहले उसे खुद के अंदर उस जगह तक पहुँचना था जहाँ डर खत्म हो जाता है।

उसने एक चौराहे पर रुककर गहरी सांस ली।

"अब मैं अपने लिए जीऊँगा, अपने सपनों के लिए।"

यह पहली बार था जब उसने यह बात पूरी सच्चाई से महसूस की।

शिव चौराहे पर खड़ा था, चारों ओर भागती-दौड़ती ज़िंदगी को देख रहा था।

लोग अपने-अपने रास्तों पर थे, कोई ऑफिस जा रहा था, कोई बाज़ार की ओर, और कोई बेपरवाह अपनी दुनिया में खोया था।

लेकिन शिव?

वह अब भी अपनी राह खोज रहा था।

उसने अपनी नोटबुक को कसकर पकड़ लिया। यह उसकी पहचान थी, उसका सपना था।

उसने मन ही मन सोचा, "अगर मुझे कुछ बड़ा करना है, तो अब इसे सिर्फ कागज़ तक सीमित नहीं रखना है।"

उसे अपनी कहानियों को लोगों तक पहुँचाना था।

पर कैसे?

क्या कोई उसकी कहानी पढ़ेगा? क्या कोई उसके शब्दों को समझेगा?

या फिर यह भी बस अधूरे सपनों की तरह खो जाएगा?

लेकिन फिर उसने खुद को रोका।

"अगर मैंने कोशिश ही नहीं की, तो मैं हार पहले ही मान चुका हूँ।"

शिव ने पहली बार खुद पर भरोसा किया।

अब उसे किसी की मंज़ूरी की ज़रूरत नहीं थी, बस खुद को आगे बढ़ाने की हिम्मत चाहिए थी।

"शुरुआत छोटी होगी, लेकिन यह सफर बड़ा बनेगा!"

शिव ने एक ठंडी सांस ली और आगे बढ़ गया।

अब वह सिर्फ सोच नहीं रहा था, अब वह अपने सपने को हकीकत में बदलने के लिए कदम बढ़ा चुका था।

उसके दिमाग में एक ही सवाल था—"मुझे अपनी कहानियों को कहाँ भेजना चाहिए?"

क्या किसी पत्रिका में?

क्या सोशल मीडिया पर?

या किसी पब्लिशर के पास?

उसने अपनी जेब से फोन निकाला और जल्दी-जल्दी कुछ नाम सर्च करने लगा—"नई लेखकों के लिए प्लेटफॉर्म," "कहानी कैसे पब्लिश

करें," "पहली किताब कैसे छपवाएँ?"

स्क्रीन पर कई ऑप्शन आए। कुछ ऑनलाइन ब्लॉग्स थे, कुछ पत्रिकाओं की वेबसाइट्स, और कुछ ऐसे प्लेटफॉर्म जहाँ नए लेखक अपनी कहानियाँ भेज सकते थे।

"यही सही मौका है। मुझे शुरुआत करनी होगी!"

उसने अपनी सबसे अच्छी कहानी चुनी और एक ऑनलाइन मैगज़ीन की वेबसाइट पर सबमिट कर दी।

अब इंतज़ार था...

क्या उसकी कहानी स्वीकार होगी?

या फिर यह भी अनदेखी कर दी जाएगी?

शिव ने फोन बंद किया और लंबी सांस ली।

आज पहली बार उसने खुद को साबित करने के लिए एक कदम उठाया था।

अब सफर शुरू हो चुका था।

शिव ने कहानी सबमिट कर दी थी, लेकिन मन अब भी बेचैन था।

क्या उसकी कहानी किसी को पसंद आएगी?

क्या कोई उसे नोटिस करेगा?

उसके अंदर उम्मीद और डर दोनों थे।

"अगर मेरी कहानी रिजेक्ट हो गई, तो क्या होगा?"

लेकिन फिर उसने खुद से कहा, "अगर मैंने डर के कारण कोशिश ही नहीं की, तो मैं पहले ही हार चुका हूँ।"

उसने कॉफी का एक घूंट लिया और अपनी नोटबुक दोबारा खोली।

"एक कहानी खत्म नहीं हुई, यह तो बस शुरुआत है!"

उसने बिना समय गंवाए एक नई कहानी लिखनी शुरू कर दी।

अब वह इंतज़ार नहीं करेगा, अब वह लगातार प्रयास करेगा।

पहली कहानी छपे या न छपे, लेकिन उसकी मेहनत रुकेगी नहीं।

शिव पहली बार सच में आगे बढ़ चुका था।

शिव लिखता गया, बिना रुके, बिना थके।

हर शब्द के साथ उसे लग रहा था कि वह खुद को फिर से बना रहा है।

पहले जब वह लिखता था, तो उसे स्नेहा से चर्चा करनी पड़ती थी। परिवार के ताने सुनने पड़ते थे। लेकिन अब?

अब कोई रोकने वाला नहीं था।

अब सिर्फ वह था और उसका सपना।

उसने नई कहानी पूरी की और तुरंत दूसरी पत्रिका की वेबसाइट पर भेज दी।

अब वह सिर्फ एक मौके का इंतज़ार नहीं कर रहा था, अब वह लगातार मौके बना रहा था।

शिव को अब फर्क नहीं पड़ता था कि पहली कहानी रिजेक्ट होती है या स्वीकार।

"अगर एक बंद होगा, तो मैं दूसरा दरवाज़ा खोल दूँगा।"

यह सोचते ही उसके चेहरे पर हल्की मुस्कान आ गई।

शायद पहली बार, उसे लगा कि उसने सही रास्ता चुन लिया है।

शिव अब बदल चुका था।

जहाँ पहले वह रिजेक्शन से डरता था, अब वह उसे अपनी ताकत बना रहा था।

हर दिन वह एक नई कहानी लिखता, उसे कहीं न कहीं भेजता, और अगले मौके की तलाश में लग जाता।

"अगर एक रास्ता बंद होगा, तो दूसरा खुलेगा। मैं बस चलते रहूँगा!"

लेकिन सफर आसान नहीं था।

पहली कहानी के बाद दूसरी, फिर तीसरी— हर जगह से कोई जवाब नहीं आ रहा था।

कभी-कभी मन में सवाल उठता—"क्या मैं सही कर रहा हूँ?"

पर अब वह पीछे हटने वालों में से नहीं था।

उसने खुद से वादा किया था—

"जब तक मेरी कहानियाँ इस दुनिया तक नहीं पहुँचतीं, मैं हार नहीं मानूँगा!"

शिव की कहानियाँ अब तक कई जगह भेजी जा चुकी थीं, लेकिन कहीं से कोई जवाब नहीं आया था।

"क्या मैं सच में अच्छा लिख रहा हूँ?"

यह सवाल उसके दिमाग में बार-बार आता, लेकिन इस बार उसने इसे अपने जुनून पर हावी नहीं होने दिया।

उसने इंटरनेट पर सफल लेखकों की कहानियाँ पढ़नी शुरू कीं—

"पहली बार में कोई सफल नहीं होता।"

"हर महान लेखक को रिजेक्शन झेलना पड़ा है।"

"अगर तुम हार मान लोगे, तो कभी आगे नहीं बढ़ पाओगे!"

शिव को अब समझ में आ रहा था कि यह सफर धैर्य का है।

"हर दिन थोड़ा-थोड़ा बेहतर बनूँगा, और एक दिन मेरी मेहनत रंग लाएगी!"

वह फिर से अपनी डायरी लेकर बैठ गया और एक नई कहानी लिखने लगा।

अब वह इंतजार नहीं कर रहा था, अब वह सिर्फ आगे बढ़ रहा था!

रात के 2 बजे थे। पूरा शहर सो रहा था, लेकिन शिव की कलम अब भी चल रही थी।

उसकी आँखें थक चुकी थीं, लेकिन उसके अंदर की आग अब भी जल रही थी।

"अगर मुझे कुछ बड़ा करना है, तो मुझे खुद को धकेलना ही होगा।"

उसने अपनी नई कहानी पूरी की और एक और पत्रिका में भेज दी।

अब वह जवाब का इंतज़ार नहीं कर रहा था, अब वह सिर्फ मेहनत कर रहा था।

परिवार अब भी उस पर शक कर रहा था।

"क्या तेरा इससे कोई फायदा होगा?" पिता ने एक दिन पूछा था।

"तू बस अपना समय बर्बाद कर रहा है," माँ ने चिंता जताई थी।

लेकिन इस बार, शिव को किसी जवाब की जरूरत नहीं थी।

वह जानता था कि अगर उसने खुद को साबित कर दिया, तो यही लोग एक दिन उसकी तारीफ करेंगे।

अब वह बस चलता जा रहा था—अकेले, मगर पूरे आत्मविश्वास के साथ।

हर सुबह शिव उठता, अपनी नोटबुक खोलता और लिखने में लग जाता।

अब यह सिर्फ एक आदत नहीं थी, बल्कि यह उसका जीने का तरीका बन चुका था।

हर कहानी के साथ वह खुद को और निखार रहा था।

पहले जहाँ एक पेज लिखने में उसे घंटे लग जाते थे, अब शब्द खुद-ब-खुद बहने लगे थे।

लेकिन सवाल वही था—क्या कोई इन कहानियों को पढ़ भी रहा था?

फिर एक दिन, उसका फोन बजा।

"शिव, तुम्हारी कहानी हमें पसंद आई! हम इसे अपनी पत्रिका में प्रकाशित करना चाहते हैं!"

उसने स्क्रीन पर नजरें गड़ा दीं।

यह वही ऑनलाइन मैगज़ीन थी, जहाँ उसने हफ्तों पहले अपनी पहली कहानी भेजी थी।

शिव की उंगलियाँ काँपने लगीं।

"क्या सच में? मेरी कहानी?"

यह उसकी मेहनत का पहला फल था।

"शुरुआत छोटी ही सही, लेकिन अब सफर शुरू हो चुका था!"

शिव की आँखें फोन की स्क्रीन पर टिक गईं।

"हम आपकी कहानी प्रकाशित करना चाहते हैं!"

ये शब्द उसकी मेहनत की पहली जीत थे।

उसका दिल तेज़ी से धड़कने लगा।

उसने झट से मेल खोला और पत्रिका की टीम को जवाब लिखा—

"धन्यवाद! यह मेरे लिए बहुत खास है। कृपया आगे की प्रक्रिया बताइए।"

मेल भेजते ही उसकी साँसें तेज़ हो गईं।

"सपना सच हो रहा है!"

वह कुर्सी से उठा और कमरे में टहलने लगा।

अब तक परिवार को यकीन नहीं था, लेकिन अब उसे खुद को और उन्हें साबित करना था।

आज पहली बार उसे लगा कि उसने सही रास्ता चुना है।

लेकिन यह सिर्फ एक शुरुआत थी...

अब सफर और बड़ा होने वाला था!

शिव की आँखों में चमक थी।

पहली बार, उसकी मेहनत का कोई नतीजा सामने आया था।

लेकिन यह सिर्फ एक छोटी जीत थी—असली सफर तो अब शुरू हुआ था।

वह माँ-पापा को यह खबर बताना चाहता था, लेकिन कहीं न कहीं एक डर भी था।

"क्या वे खुश होंगे? या फिर इसे भी छोटा समझेंगे?"

उसने धीरे से माँ को आवाज़ दी—

"माँ, मेरी कहानी छप रही है!"

माँ ने चौंककर उसकी तरफ देखा।

"सच?"

उनकी आँखों में खुशी और चिंता दोनों थीं।

पिता अखबार पढ़ रहे थे, लेकिन उन्होंने भी हल्का सिर उठाया।

"कौन सी पत्रिका?" उन्होंने संक्षेप में पूछा।

शिव ने उन्हें नाम बताया, लेकिन उनका चेहरा सपाट ही रहा।

"अच्छा है। लेकिन इससे कुछ मिलेगा?"

शिव मुस्कुराया।

"हाँ, यह मेरा पहला कदम है। अभी शुरुआत है, लेकिन यही आगे रास्ता खोलेगा!"

पिता कुछ नहीं बोले, लेकिन माँ के चेहरे पर हल्की संतुष्टि थी।

शिव जानता था कि यह उनके लिए उतना बड़ा नहीं था, लेकिन उसके लिए यह उसकी दुनिया बदलने जैसा था।

अब वह पीछे नहीं हटने वाला था।

अब यह उसका सफर बन चुका था।

शिव के मन में अब एक नई ऊर्जा थी।

पहली सफलता ने उसे अहसास कराया कि अगर उसने खुद पर भरोसा रखा, तो यह बस एक शुरुआत थी।

लेकिन उसके सामने अब एक नई चुनौती थी—क्या यह सिर्फ एक संयोग था, या वह इसे एक लगातार सफर बना सकता था?

उसने अपनी नोटबुक निकाली और एक नई कहानी पर काम करना शुरू किया।

पहले जहाँ वह लिखने से पहले घबराता था, अब उसके हाथ बिना रुके चलते रहे।

"अगर एक कहानी छपी है, तो अगली भी छपेगी। और फिर एक दिन, मेरी खुद की किताब होगी!"

परिवार अब भी उसे पूरी तरह सपोर्ट नहीं कर रहा था, लेकिन इस बार शिव को किसी की मंज़ूरी की ज़रूरत नहीं थी।

अब उसे सिर्फ अपने सपने को सच करने की जिद थी।

शाम को, उसने इंटरनेट पर दूसरी पत्रिकाओं और पब्लिशिंग हाउस की लिस्ट निकाली।

"अब हर दिन, हर हफ्ते मैं अपनी कहानियाँ भेजूँगा। मैं खुद को रोने नहीं दूँगा, रुकने नहीं दूँगा!"

अब सफर शुरू हो चुका था, और इस बार वह इसे अधूरा नहीं छोड़ेगा

शिव अब सिर्फ सपने नहीं देख रहा था, वह उन्हें जी भी रहा था।

हर दिन एक नया लक्ष्य, हर रात एक नई कहानी।

अब उसकी कहानियाँ सिर्फ डायरी तक सीमित नहीं थीं, वह उन्हें दुनिया तक पहुँचा रहा था।

कुछ जगहों से जवाब नहीं आते थे, कुछ जगहों से रिजेक्शन मिलते थे, लेकिन अब उसे कोई फर्क नहीं पड़ता था।

"अगर हर बार सफलता ही मिलती, तो मेहनत की अहमियत कौन समझता?"

अब वह इस सफर का हर पल जी रहा था।

एक दिन, जब वह अपनी नई कहानी पूरी कर रहा था, तभी उसका फोन फिर से बजा।

यह उसी पत्रिका का मेल था—"हमें आपकी दूसरी कहानी भी पसंद आई। हम इसे भी छापना चाहते हैं!"

शिव की आँखें चमक उठीं।

"अब मैं सही राह पर हूँ। अब मैं खुद को रोकने नहीं दूँगा!"

शिव की उंगलियाँ काँप रही थीं, लेकिन इस बार डर से नहीं—उत्साह से!

पहली कहानी के बाद अब दूसरी भी छप रही थी।

यह साबित करता था कि पहली सफलता सिर्फ संयोग नहीं थी—वह सच में आगे बढ़ रहा था।

उसने झट से मेल पढ़ा और जवाब दिया—

"धन्यवाद! यह मेरे लिए बहुत मायने रखता है। कृपया आगे की प्रक्रिया बताइए।"

मेल भेजते ही उसके चेहरे पर एक अलग चमक थी।

लेकिन यह सफर यहीं नहीं रुक सकता था।

उसने अपनी नोटबुक उठाई और एक नया पेज पलटा।

"अब मुझे सिर्फ एक लेखक नहीं बनना, एक पहचान बनानी है!"

अब हर रिजेक्शन, हर चुनौती सिर्फ उसे और मजबूत बना रही थी।

अब वह सिर्फ खुद को साबित नहीं कर रहा था, बल्कि अपने सपनों को ज़िंदा कर रहा था!

शिव की दुनिया अब बदलने लगी थी।

पहले जहाँ वह अकेलापन महसूस करता था, अब वही अकेलापन उसे और मेहनत करने की ताकत दे रहा था।

"अगर मैं आज मेहनत नहीं करूँगा, तो कल मुझ पर कोई भरोसा नहीं करेगा।"

हर सुबह वह नई कहानी पर काम करता, और हर रात उसे कहीं न कहीं भेजता।

अब उसे रिजेक्शन से डर नहीं लगता था, बल्कि हर 'न' उसे और मजबूत बना रहा था।

लेकिन सफर आसान नहीं था।

घर में अब भी उसके करियर को लेकर सवाल उठाए जाते थे।

"बस ये लिखने से क्या होगा? कुछ ठोस करियर का भी सोचा है?" पिता ने एक दिन फिर पूछा।

इस बार, शिव के पास जवाब था।

"हाँ, करियर ही बना रहा हूँ। लेकिन अपने तरीके से!"

पिता ने कोई जवाब नहीं दिया, लेकिन उनकी आँखों में हल्का सा बदलाव था—शायद अब वे भी देख रहे थे कि शिव हार मानने वालों में से नहीं है।

अब यह सिर्फ एक सफर नहीं था, यह उसकी पहचान बनने का रास्ता था।

और वह इसे अधूरा नहीं छोड़ेगा

:

शिव अब वही नहीं रहा था, जो कुछ महीने पहले था।

जहाँ पहले वह हर बात पर संदेह करता था, अब उसमें एक अलग आत्मविश्वास था।

रिजेक्शन अब उसे कमजोर नहीं बनाते थे, बल्कि हर 'न' उसे और मेहनत करने की प्रेरणा देता था।

लेकिन असली परीक्षा अभी बाकी थी।

एक दिन, उसे एक बड़े प्रकाशन हाउस से मेल आया।

"आपकी कहानी हमें पसंद आई, लेकिन हमें कुछ बदलाव चाहिए। अगर आप तैयार हैं, तो इसे आगे बढ़ा सकते हैं।"

शिव की धड़कनें तेज़ हो गईं।

"बदलाव?"

क्या वह अपनी कहानी के मूल विचार से समझौता कर सकता था?

या फिर उसे अपने तरीके से आगे बढ़ना चाहिए?

यह अब तक का सबसे मुश्किल फैसला था।

क्या वह सफलता के लिए खुद को बदल देगा, या अपनी पहचान बनाए रखेगा?

शिव ने मेल दोबारा पढ़ा।

"अगर आप बदलाव करने के लिए तैयार हैं, तो इसे आगे बढ़ाया जा सकता है।"

उसके दिमाग में सवाल उठने लगे—

"क्या सफलता पाने के लिए मुझे अपने शब्दों से समझौता करना होगा?"

यह मौका बड़ा था, लेकिन क्या यह सही था?

उसने कुछ देर सोचा, फिर अपनी डायरी निकाली और लिखा—

"अगर मेरा लेखन मेरी आत्मा है, तो क्या मैं इसे बदल सकता हूँ?"

शिव ने गहरी सांस ली और प्रकाशन हाउस को जवाब दिया—

"मैं बदलाव करने को तैयार हूँ, लेकिन कहानी की आत्मा वही रहेगी।"

अब जवाब का इंतजार था।

क्या वे इसे स्वीकार करेंगे?

या फिर यह भी एक और अस्वीकार की लिस्ट में जुड़ जाएगा?

शिव जानता था कि यह सफर आसान नहीं था, लेकिन अब वह पीछे नहीं हट सकता था।

यह उसकी पहचान की लड़ाई थी!

शिव ने मेल भेज दिया, लेकिन उसका दिल तेज़ी से धड़क रहा था।

क्या प्रकाशन हाउस उसकी शर्तें मान लेगा?

या फिर यह भी एक और रिजेक्शन बनकर रह जाएगा?

हर बीतते मिनट के साथ उसका धैर्य टूट रहा था, लेकिन अब वह डर से भागने वाला नहीं था।

वह जानता था कि अगर यह मौका छूट भी गया, तो वह अगला दरवाज़ा खुद बनाएगा।

"अगर एक मौका चला भी गया, तो मैं और बेहतर बनूँगा!"

तभी उसका फोन वाइब्रेट हुआ।

"आपकी शर्तें स्वीकार की जाती हैं। हम आपकी कहानी प्रकाशित करने के लिए तैयार हैं!"

शिव के हाथ काँपने लगे।

"सच? मेरी कहानी?"

यह सिर्फ एक मेल नहीं था—यह उसके सपने का पहला बड़ा कदम था!

अब उसका नाम दुनिया के सामने आने वाला था।

अब उसका संघर्ष रंग लाने वाला था।

शिव की आँखें फोन की स्क्रीन पर टिक गईं।

"हम आपकी कहानी प्रकाशित करने के लिए तैयार हैं!"

उसका दिल ज़ोर से धड़कने लगा।

"क्या सच में? क्या ये वही सपना है, जिसके लिए मैं इतनी रातों तक जागा हूँ?"

वह तुरंत अपनी कुर्सी से उठा और कमरे में इधर-उधर टहलने लगा।

यह उसकी मेहनत की सबसे बड़ी जीत थी।

पहली बार, उसकी कहानियाँ सिर्फ डायरी तक सीमित नहीं थीं—अब वे दुनिया तक पहुँचने वाली थीं!

लेकिन असली सवाल अब यह था—आगे क्या?

क्या एक कहानी छपने से सब कुछ बदल जाएगा?

या फिर यह सिर्फ एक शुरुआत थी?

शिव जानता था कि सफर अभी लंबा है, लेकिन अब उसे यकीन हो चुका था—

"अगर मैंने यहाँ तक का सफर तय किया है, तो अब मैं कहीं नहीं रुकने वाला!"

शिव ने गहरी सांस ली और फोन को टेबल पर रख दिया।

यह जीत उसकी उम्मीदों से बड़ी थी, लेकिन क्या यह सफर यहीं खत्म हो गया था?

"नहीं, यह तो बस शुरुआत है!" उसने खुद से कहा।

अब उसे सिर्फ एक कहानी नहीं लिखनी थी, अब उसे एक लेखक बनना था!

उसने अपनी नोटबुक उठाई और अगले लक्ष्य के बारे में सोचना शुरू किया—

"क्या अब मुझे अपनी खुद की किताब पर काम करना चाहिए?"

यह ख्याल पहले भी उसके दिमाग में आया था, लेकिन अब यह सिर्फ एक सपना नहीं था, अब यह एक प्लान था।

उसने अपनी पुरानी कहानियाँ देखीं, अपने विचारों को इकट्ठा किया और एक नई डायरी खोली।

"अब मैं सिर्फ लिखूँगा नहीं, मैं अपनी पहचान बनाऊँगा!"

शिव के सफर की असली परीक्षा अब शुरू हो चुकी थी।

शिव अब पहले जैसा नहीं रहा था।

पहले जहाँ वह सिर्फ सोचता था, अब वह हर दिन अपने सपने के करीब बढ़ रहा था।

उसने अपनी डायरी के पहले पन्ने पर लिखा—

"यह सिर्फ एक कहानी की जीत नहीं, यह मेरी पहचान बनाने की शुरुआत है!"

अब वह सिर्फ एक लेखक नहीं बनना चाहता था, अब वह अपनी खुद की किताब लिखना चाहता था।

लेकिन यह सफर आसान नहीं था।

"क्या मैं सच में एक किताब लिख सकता हूँ?"

"क्या लोग इसे पढ़ेंगे?"

"क्या यह सिर्फ एक और अधूरा सपना बनकर रह जाएगा?"

लेकिन इस बार, शिव ने अपने डर को खुद पर हावी नहीं होने दिया।

उसने तुरंत एक नया पेज खोला और पहला शब्द लिखा—

"हर सफर की शुरुआत एक कदम से होती है, और यह मेरा पहला कदम है!"

अब उसकी कलम नहीं रुकेगी।

अब वह अपनी कहानी दुनिया तक पहुँचाकर ही रहेगा!

शिव की कलम पन्नों पर दौड़ रही थी।

हर शब्द के साथ वह खुद को और मजबूत महसूस कर रहा था।

पहले जहाँ वह अपने सपनों पर शक करता था, अब उसके अंदर सिर्फ एक ही भावना थी—"मुझे इसे पूरा करना ही है!"

"मैं अपनी किताब लिखूँगा, चाहे जितना भी समय लगे!"

वह घंटों तक लिखता, फिर खुद ही पढ़ता, एडिट करता, और दोबारा लिखता।

हर दिन उसका आत्मविश्वास बढ़ता जा रहा था।

लेकिन एक नई चुनौती सामने थी—

"क्या कोई इसे छापेगा?"

उसने रिसर्च शुरू की—कौन-कौन से पब्लिशर्स नए लेखकों को मौका देते हैं? कैसे एक किताब को प्रकाशित करवाया जाता है?

अब वह सिर्फ लिख नहीं रहा था, अब वह अपने सपनों को असलियत में बदलने की राह पर था।

यह सफर मुश्किल था, लेकिन अब वह किसी भी हाल में रुकने वाला नहीं था!

शिव अब सिर्फ लिखने तक सीमित नहीं था—वह अपने शब्दों को दुनिया तक पहुँचाने के लिए सही रास्ता भी तलाश रहा था।

हर दिन वह पब्लिशिंग हाउस के बारे में पढ़ता, नए लेखकों की कहानियाँ देखता, और खुद से पूछता—

"क्या मैं भी अपनी किताब छपवा सकता हूँ?"

इंटरनेट पर उसने कई लेखकों के संघर्ष पढ़े—

कोई 10 बार रिजेक्ट हुआ था,

कोई 50 बार,

कोई 100 बार,

लेकिन एक बात सबमें समान थी—उन्होंने हार नहीं मानी!

शिव को अब और हिम्मत मिली।

"अगर मुझे अपनी किताब छपवानी है, तो मुझे भी खुद को साबित करना होगा!"

उसने कुछ पब्लिशिंग हाउस की लिस्ट बनाई और सोचने लगा कि सबसे पहले किसे संपर्क किया जाए।

"शायद शुरुआत कठिन होगी, लेकिन यह मेरा सफर है—और इसे मैं खुद तय करूँगा!"

अब शिव सिर्फ एक लेखक नहीं था—अब वह अपनी पहचान बनाने के लिए तैयार था!

शिव ने पब्लिशिंग हाउस की लिस्ट बनाई और एक-एक कर मेल तैयार करने लगा।

हर मेल में उसने अपनी कहानी का सार, अपनी लेखन शैली और अपनी किताब के विचार को विस्तार से समझाया।

लेकिन हर बार भेजने से पहले उसके मन में एक सवाल उठता—

"अगर फिर से रिजेक्ट हो गया तो?"

पर इस बार, वह डर के आगे नहीं झुका।

"अगर मैं कोशिश नहीं करूँगा, तो कभी जान नहीं पाऊँगा कि मेरी काबिलियत क्या है!"

उसने एक गहरी सांस ली और पहला मेल भेज दिया।

फिर दूसरा, तीसरा, चौथा...

अब वह इंतजार कर रहा था।

हर बीतते दिन के साथ उसका उत्साह बढ़ रहा था, लेकिन मन के किसी कोने में हल्की सी घबराहट भी थी।

"क्या कोई मुझे जवाब देगा?"

एक दिन, जब वह अपनी नई कहानी पर काम कर रहा था, तभी उसका फोन वाइब्रेट हुआ।

"प्रिय शिव, हमें आपकी किताब का प्रस्ताव मिला, और हम इसे लेकर चर्चा करना चाहते हैं..."

शिव की धड़कनें तेज़ हो गईं।

"क्या यह मेरा मौका है?"

शिव का दिल ज़ोर-ज़ोर से धड़कने लगा।

"क्या यह सच में हो रहा है?"

उसने जल्दी से मेल दोबारा पढ़ा—

"हमें आपकी किताब का प्रस्ताव मिला, और हम इस पर चर्चा करना चाहते हैं। कृपया हमें अपनी उपलब्धता बताइए।"

यह सिर्फ एक मेल नहीं था—यह उसके सपने का पहला बड़ा दरवाजा खुलने जैसा था!

उसने झट से लैपटॉप खोला और जवाब टाइप किया—

"धन्यवाद! मैं किसी भी समय उपलब्ध हूँ। कृपया आगे की प्रक्रिया बताइए।"

मेल भेजते ही उसकी उंगलियाँ काँप रही थीं।

उसने कुर्सी से उठकर कमरे में चहल-कदमी शुरू कर दी।

"अगर यह बातचीत सफल रही, तो मेरी पहली किताब छप सकती है!"

लेकिन फिर उसके मन में एक और सवाल आया—

"अगर वे शर्तें रखेंगे? अगर मुझे अपनी कहानी में बदलाव करने होंगे?"

क्या वह अपने विचारों से समझौता करेगा, या अपनी पहचान को बनाए रखेगा?

यह उसके सफर का सबसे बड़ा फैसला होने वाला था।

शिव का मन बेचैन था।

एक तरफ उसका सपना था—अपनी किताब को प्रकाशित होते देखना।

दूसरी तरफ एक डर था—"अगर उन्होंने मेरी कहानी में बड़े बदलाव मांगे तो?"

क्या वह अपनी असली सोच से समझौता करेगा?

या फिर अपनी शर्तों पर चलेगा, चाहे नतीजा जो भी हो?

उसने गहरी सांस ली और खुद से कहा—

"अगर यह मेरी कहानी है, तो इसे मेरे तरीके से ही दुनिया के सामने आना चाहिए!"

अगले दिन पब्लिशिंग हाउस की टीम से उसकी कॉल शेड्यूल हुई।

वह लैपटॉप के सामने बैठा, उसकी हथेलियाँ पसीने से भीग रही थीं।

कुछ देर बाद, स्क्रीन पर नाम चमका—"प्रकाशन टीम"

शिव ने कॉल रिसीव की।

"हैलो शिव, हमें आपकी कहानी पसंद आई। हम इसे प्रकाशित करना चाहते हैं, लेकिन..."

शिव की साँसें थम गईं।

"लेकिन क्या?"

"हमें इसमें कुछ बदलाव करने होंगे।"

यही वह क्षण था, जिसका उसे सबसे ज्यादा डर था।

क्या वह इस मौके को हाथ से जाने देगा?

या अपनी शर्तों पर डटा रहेगा?

यह उसकी अब तक की सबसे बड़ी परीक्षा थी।

शिव की उंगलियाँ टेबल पर हल्के-हल्के थरथरा रही थीं।

"बदलाव?"

यह शब्द उसके कानों में गूंज रहा था।

पब्लिशिंग हाउस के व्यक्ति ने आगे कहा, "हम आपकी कहानी को पसंद करते हैं, लेकिन कुछ हिस्से हैं जो मार्केटिंग के हिसाब से बदलने होंगे।"

शिव चुप था।

"क्या बदलाव?" उसने धीमी आवाज़ में पूछा।

"हम चाहते हैं कि कहानी का अंत थोड़ा सकारात्मक हो। पाठकों को एक प्रेरणादायक संदेश मिले। और हाँ, आपको कुछ किरदारों को हल्का बदलना होगा ताकि यह बड़े दर्शकों तक पहुँच सके।"

शिव की आँखें स्क्रीन पर टिकी थीं।

यह उसके लिए गर्व का पल था कि उसकी कहानी प्रकाशित हो सकती थी, लेकिन... क्या वह अपनी सोच से समझौता कर सकता था?

उसके मन में स्नेहा के शब्द गूंजे—

"अगर तुम्हारा सपना सच्चा है, तो तुम्हें उसके लिए लड़ना पड़ेगा!"

क्या वह अपने सपने के साथ समझौता करने वाला था?

या फिर अपनी शर्तों पर इसे आगे बढ़ाएगा?

कुछ सेकंड की चुप्पी के बाद, शिव ने गहरी साँस ली और कहा—

"अगर यह मेरी कहानी है, तो इसे मेरे तरीके से ही जाना चाहिए!"

अब देखना था कि सामने वाला क्या जवाब देता है...

स्क्रीन के दूसरी तरफ कुछ सेकंड की चुप्पी छा गई।

फिर पब्लिशिंग हाउस के व्यक्ति की आवाज़ आई—

"शिव, हम समझ सकते हैं कि आपकी कहानी आपके लिए कितनी अहम है। लेकिन पब्लिशिंग इंडस्ट्री में कभी-कभी थोड़ा बदलाव ज़रूरी होता है ताकि किताब ज़्यादा लोगों तक पहुँच सके।"

शिव की साँसें तेज़ हो गईं।

"लेकिन अगर मैं बदलाव नहीं करना चाहूँ तो?" उसने सीधा सवाल किया।

"अगर आप बदलाव नहीं करना चाहते, तो हम इसे प्रकाशित करने के बारे में दोबारा सोचेंगे।"

शिव को लगा जैसे किसी ने उसकी उम्मीदों को झटका दिया हो।

क्या उसे अपने सपने को पूरा करने के लिए अपनी सोच से समझौता करना होगा?

वह दुविधा में था।

"क्या यह एक मौका है जो दोबारा नहीं मिलेगा?"

या फिर उसे अपनी सच्चाई के साथ खड़ा रहना चाहिए?

उसने आँखें बंद कीं, एक गहरी साँस ली और फिर ठोस आवाज़ में जवाब दिया—

"मुझे मौका चाहिए, लेकिन अपने तरीके से। अगर आप मेरी कहानी को उसी रूप में स्वीकार कर सकते हैं, तो मुझे खुशी होगी। वरना मैं इंतजार कर लूंगा, लेकिन समझौता नहीं करूंगा।"

अब फैसला पब्लिशिंग हाउस के हाथ में था।

क्या वे शिव के आत्मविश्वास को समझेंगे?

या फिर यह मौका उसके हाथ से निकल जाएगा?

शिव की बात सुनकर पब्लिशिंग हाउस के प्रतिनिधि कुछ सेकंड के लिए चुप हो गए।

फिर उन्होंने कहा, "हम आपकी सोच की कद्र करते हैं, लेकिन हमें अपनी मार्केटिंग रणनीति भी देखनी होती है।"

शिव को अंदाजा था कि ऐसा जवाब मिलेगा।

उसने शांत स्वर में कहा, "मैं समझ सकता हूँ। लेकिन अगर मैं अपनी पहली किताब में ही अपनी पहचान से समझौता कर लूँ, तो आगे क्या करूंगा?"

सामने वाले व्यक्ति ने हल्की हंसी भरी सांस ली, "शिव, बहुत कम लेखक अपनी पहली किताब में ऐसी शर्ते रख पाते हैं। लेकिन हम आपकी कहानी में विश्वास रखते हैं। हम आपकी मूल सोच को बनाए रखते हुए इसे पब्लिश करने के लिए तैयार हैं।"

शिव की आँखें चमक उठीं।

"क्या सच में?"

"हाँ, लेकिन कुछ मामूली एडिट्स के साथ, जो आपकी मूल भावना को प्रभावित नहीं करेंगे।"

शिव ने राहत की सांस ली।

उसका सपना सच हो रहा था, बिना किसी समझौते के!

अब उसकी पहली किताब दुनिया के सामने आने वाली थी।

लेकिन यह सिर्फ एक किताब नहीं थी—यह उसकी मेहनत, संघर्ष और उसके आत्म-सम्मान की जीत थी!

शिव ने अब खुद को बदलने का फैसला कर लिया था। अकेलापन अब उसके लिए कमजोरी नहीं, बल्कि ताकत बन चुका था। लेकिन क्या यह सफर आसान होगा? नहीं। असली लड़ाई तो अब शुरू हुई थी—अपने सपनों के लिए, अपने अस्तित्व के लिए, और उस समाज के खिलाफ जिसने उसे कमजोर समझा था। उसने पहली बार बिना किसी डर के अपनी डायरी में लिखा—

"अब मैं खुद के लिए जिऊँगा।" पर सवाल यह था—कैसे?

शिव सुबह जल्दी उठा। यह पहला दिन था जब उसने खुद को नया महसूस किया।

कमरे में हल्की रोशनी फैली थी, और खिड़की से आती ताज़ी हवा ने उसके मन को हल्का कर दिया। उसने अपनी डायरी खोली और खुद से वादा किया— "अब मैं अपने सपनों की राह पर अकेला चलूँगा, लेकिन मजबूती के साथ!" लेकिन जैसे ही वह कमरे से बाहर निकला, दुनिया अब भी वही थी।

पिता का वही कठोर रवैया, माँ की आँखों में वही चिंता, पड़ोसियों की वही बातें—

"क्या कर रहा है लड़का?"

"कोई काम-धंधा करेगा या बस सपनों में ही जिएगा?"

शिव ने पहली बार इन सब पर ध्यान नहीं दिया।

आज वह सिर्फ एक ही चीज़ के बारे में सोच रहा था—खुद को साबित करने के बारे में।

शिव बिना कुछ कहे घर से बाहर निकल गया। वह तेज़ कदमों से चल रहा था, लेकिन अंदर ही अंदर एक अजीब सा दबाव महसूस कर रहा था।

क्या सच में यह सफर आसान होगा?

क्या बिना किसी सहारे के आगे बढ़ा जा सकता है?

उसके पास अब न स्नेहा थी, न परिवार का सपोर्ट, और न ही कोई दोस्त जो उसे समझ सके।

लेकिन अब उसे किसी की जरूरत भी नहीं थी।

वह बस एक ही चीज़ चाहता था—अपने सपनों को सच करना, खुद को साबित करना।

शिव ने एक कैफे में जाकर अपनी नोटबुक निकाली और लिखना शुरू किया। पहली बार, उसने किसी और के लिए नहीं, बल्कि खुद के लिए लिखा। शब्द तेज़ी से पन्नों पर उतरते गए। हर वाक्य के साथ उसका आत्मविश्वास बढ़ता जा रहा था। अब यह सिर्फ एक सपना नहीं था। यह उसकी नई ज़िंदगी की शुरुआत थी। शिव लिखता गया, बिना रुके, बिना किसी डर के। पहली बार, उसे ऐसा लग रहा था कि शब्दों के ज़रिए वह खुद को फिर से बना रहा है। हर लाइन में उसका दर्द था, उसकी तकलीफें थीं, लेकिन सबसे ज्यादा उसमें उसकी नई ताकत थी। "मैं कमजोर नहीं हूँ। मैंने अकेलेपन को हराया है, और अब मैं अपने लिए जिऊँगा।" कैफे में उसके आसपास लोग थे, लेकिन वह अब भी अकेला था—पर इस बार यह अकेलापन उसे मजबूत बना रहा था। शिव ने एक लंबी सांस ली और अपनी नोटबुक बंद की। "पहला कदम उठ चुका है, अब पीछे मुड़ने का कोई सवाल ही नहीं है।" उसने अपनी नोटबुक को ध्यान से देखा और खुद से कहा— "अब मैं रुकने वाला नहीं।"

शिव ने अपनी नोटबुक को कसकर पकड़ा। यह सिर्फ कागज़ के पन्ने नहीं थे, यह उसका जुनून, उसका संघर्ष और उसका सपना था।

लेकिन सवाल यह था—अब आगे क्या?

क्या सिर्फ लिखने से सपने पूरे हो जाते हैं?

क्या दुनिया उसे स्वीकार करेगी?

शिव ने गहरी सांस ली। "मैं बस कोशिश कर सकता हूँ, हार मानना अब ऑप्शन नहीं है।"****"मुझे खुद को साबित करना होगा।"

वह कैफे से बाहर निकला।

हवा में हल्की ठंडक थी, लेकिन उसके अंदर एक नई आग जल रही थी।

आज पहली बार उसे अहसास हुआ कि शायद सफलता अकेलेपन के बाद ही मिलती है।

शिव कैफ़े से बाहर निकला और तेज़ कदमों से सड़क पर चलता रहा।

हर तरफ लोग अपने-अपने कामों में व्यस्त थे, किसी को उसकी परवाह नहीं थी। और अब उसे भी किसी की परवाह नहीं थी।

पहले वह सोचता था कि दुनिया उसे समझेगी, पर अब उसे एहसास हो गया था कि दुनिया सिर्फ नतीजों को देखती है, संघर्ष को नहीं।

"अगर मैं सफल हो गया, तो यही लोग मेरी तारीफ करेंगे, और अगर नहीं हुआ, तो कोई याद भी नहीं करेगा।"

शिव के कदम अब और तेज़ हो गए।

उसे कहीं पहुँचना था, लेकिन सबसे पहले उसे खुद के अंदर उस जगह तक पहुँचना था जहाँ डर खत्म हो जाता है।

उसने एक चौराहे पर रुककर गहरी सांस ली।

"अब मैं अपने लिए जीऊँगा, अपने सपनों के लिए।"

यह पहली बार था जब उसने यह बात पूरी सच्चाई से महसूस की।

शिव चौराहे पर खड़ा था, चारों ओर भागती-दौड़ती ज़िंदगी को देख रहा था।

लोग अपने-अपने रास्तों पर थे, कोई ऑफिस जा रहा था, कोई बाज़ार की ओर, और कोई बेपरवाह अपनी दुनिया में खोया था।

लेकिन शिव?

वह अब भी अपनी राह खोज रहा था।

उसने अपनी नोटबुक को कसकर पकड़ लिया। यह उसकी पहचान थी, उसका सपना था।

उसने मन ही मन सोचा, "अगर मुझे कुछ बड़ा करना है, तो अब इसे सिर्फ कागज़ तक सीमित नहीं रखना है।"

उसे अपनी कहानियों को लोगों तक पहुँचाना था।

पर कैसे?

क्या कोई उसकी कहानी पढ़ेगा? क्या कोई उसके शब्दों को समझेगा?

या फिर यह भी बस अधूरे सपनों की तरह खो जाएगा?

लेकिन फिर उसने खुद को रोका।

"अगर मैंने कोशिश ही नहीं की, तो मैं हार पहले ही मान चुका हूँ।"

शिव ने पहली बार खुद पर भरोसा किया।

अब उसे किसी की मंज़ूरी की ज़रूरत नहीं थी, बस खुद को आगे बढ़ाने की हिम्मत चाहिए थी।

"शुरुआत छोटी होगी, लेकिन यह सफर बड़ा बनेगा!"

शिव ने एक ठंडी सांस ली और आगे बढ़ गया।

अब वह सिर्फ सोच नहीं रहा था, अब वह अपने सपने को हकीकत में बदलने के लिए कदम बढ़ा चुका था।

उसके दिमाग में एक ही सवाल था—"मुझे अपनी कहानियों को कहाँ भेजना चाहिए?"

क्या किसी पत्रिका में?

क्या सोशल मीडिया पर?

या किसी पब्लिशर के पास?

उसने अपनी जेब से फोन निकाला और जल्दी-जल्दी कुछ नाम सर्च करने लगा—"नई लेखकों के लिए प्लेटफॉर्म," "कहानी कैसे पब्लिश करें," "पहली किताब कैसे छपवाएँ?"

स्क्रीन पर कई ऑप्शन आए। कुछ ऑनलाइन ब्लॉग्स थे, कुछ पत्रिकाओं की वेबसाइट्स, और कुछ ऐसे प्लेटफॉर्म जहाँ नए लेखक अपनी कहानियाँ भेज सकते थे।

"यही सही मौका है। मुझे शुरुआत करनी होगी!"

उसने अपनी सबसे अच्छी कहानी चुनी और एक ऑनलाइन मैगज़ीन की वेबसाइट पर सबमिट कर दी।

अब इंतज़ार था...

क्या उसकी कहानी स्वीकार होगी?

या फिर यह भी अनदेखी कर दी जाएगी?

शिव ने फोन बंद किया और लंबी सांस ली।

आज पहली बार उसने खुद को साबित करने के लिए एक कदम उठाया था।

अब सफर शुरू हो चुका था।

शिव ने कहानी सबमिट कर दी थी, लेकिन मन अब भी बेचैन था।

क्या उसकी कहानी किसी को पसंद आएगी?

क्या कोई उसे नोटिस करेगा?

उसके अंदर उम्मीद और डर दोनों थे।

"अगर मेरी कहानी रिजेक्ट हो गई, तो क्या होगा?"

लेकिन फिर उसने खुद से कहा, "अगर मैंने डर के कारण कोशिश ही नहीं की, तो मैं पहले ही हार चुका हूँ।"

उसने कॉफी का एक घूंट लिया और अपनी नोटबुक दोबारा खोली।

"एक कहानी खत्म नहीं हुई, यह तो बस शुरुआत है!"

उसने बिना समय गंवाए एक नई कहानी लिखनी शुरू कर दी।

अब वह इंतज़ार नहीं करेगा, अब वह लगातार प्रयास करेगा।

पहली कहानी छपे या न छपे, लेकिन उसकी मेहनत रुकेगी नहीं।

शिव पहली बार सच में आगे बढ़ चुका था।

शिव लिखता गया, बिना रुके, बिना थके।

हर शब्द के साथ उसे लग रहा था कि वह खुद को फिर से बना रहा है।

पहले जब वह लिखता था, तो उसे स्नेहा से चर्चा करनी पड़ती थी। परिवार के ताने सुनने पड़ते थे। लेकिन अब?

अब कोई रोकने वाला नहीं था।

अब सिर्फ वह था और उसका सपना।

उसने नई कहानी पूरी की और तुरंत दूसरी पत्रिका की वेबसाइट पर भेज दी।

अब वह सिर्फ एक मौके का इंतज़ार नहीं कर रहा था, अब वह लगातार मौके बना रहा था।

शिव को अब फर्क नहीं पड़ता था कि पहली कहानी रिजेक्ट होती है या स्वीकार।

"अगर एक बंद होगा, तो मैं दूसरा दरवाज़ा खोल दूँगा।"

यह सोचते ही उसके चेहरे पर हल्की मुस्कान आ गई।

शायद पहली बार, उसे लगा कि उसने सही रास्ता चुन लिया है।

शिव अब बदल चुका था।

जहाँ पहले वह रिजेक्शन से डरता था, अब वह उसे अपनी ताकत बना रहा था।

हर दिन वह एक नई कहानी लिखता, उसे कहीं न कहीं भेजता, और अगले मौके की तलाश में लग जाता।

"अगर एक रास्ता बंद होगा, तो दूसरा खुलेगा। मैं बस चलते रहूँगा!"

लेकिन सफर आसान नहीं था।

पहली कहानी के बाद दूसरी, फिर तीसरी— हर जगह से कोई जवाब नहीं आ रहा था।

कभी-कभी मन में सवाल उठता—"क्या मैं सही कर रहा हूँ?"

पर अब वह पीछे हटने वालों में से नहीं था।

उसने खुद से वादा किया था—

"जब तक मेरी कहानियाँ इस दुनिया तक नहीं पहुँचतीं, मैं हार नहीं मानूँगा!"

शिव की कहानियाँ अब तक कई जगह भेजी जा चुकी थीं, लेकिन कहीं से कोई जवाब नहीं आया था।

"क्या मैं सच में अच्छा लिख रहा हूँ?"

यह सवाल उसके दिमाग में बार-बार आता, लेकिन इस बार उसने इसे अपने जुनून पर हावी नहीं होने दिया।

उसने इंटरनेट पर सफल लेखकों की कहानियाँ पढ़नी शुरू कीं—

"पहली बार में कोई सफल नहीं होता।"

"हर महान लेखक को रिजेक्शन झेलना पड़ा है।"

"अगर तुम हार मान लोगे, तो कभी आगे नहीं बढ़ पाओगे!"

शिव को अब समझ में आ रहा था कि यह सफर धैर्य का है।

"हर दिन थोड़ा-थोड़ा बेहतर बनूँगा, और एक दिन मेरी मेहनत रंग लाएगी!"

वह फिर से अपनी डायरी लेकर बैठ गया और एक नई कहानी लिखने लगा।

अब वह इंतजार नहीं कर रहा था, अब वह सिर्फ आगे बढ़ रहा था!

रात के 2 बजे थे। पूरा शहर सो रहा था, लेकिन शिव की कलम अब भी चल रही थी।

उसकी आँखें थक चुकी थीं, लेकिन उसके अंदर की आग अब भी जल रही थी।

"अगर मुझे कुछ बड़ा करना है, तो मुझे खुद को धकेलना ही होगा।"

उसने अपनी नई कहानी पूरी की और एक और पत्रिका में भेज दी।

अब वह जवाब का इंतज़ार नहीं कर रहा था, अब वह सिर्फ मेहनत कर रहा था।

परिवार अब भी उस पर शक कर रहा था।

"क्या तेरा इससे कोई फायदा होगा?" पिता ने एक दिन पूछा था।

"तू बस अपना समय बर्बाद कर रहा है," माँ ने चिंता जताई थी।

लेकिन इस बार, शिव को किसी जवाब की जरूरत नहीं थी।

वह जानता था कि अगर उसने खुद को साबित कर दिया, तो यही लोग एक दिन उसकी तारीफ करेंगे।

अब वह बस चलता जा रहा था—अकेले, मगर पूरे आत्मविश्वास के साथ।

हर सुबह शिव उठता, अपनी नोटबुक खोलता और लिखने में लग जाता।

अब यह सिर्फ एक आदत नहीं थी, बल्कि यह उसका जीने का तरीका बन चुका था।

हर कहानी के साथ वह खुद को और निखार रहा था।

पहले जहाँ एक पेज लिखने में उसे घंटे लग जाते थे, अब शब्द खुद-ब-खुद बहने लगे थे।

लेकिन सवाल वही था—क्या कोई इन कहानियों को पढ़ भी रहा था?

फिर एक दिन, उसका फोन बजा।

"शिव, तुम्हारी कहानी हमें पसंद आई! हम इसे अपनी पत्रिका में प्रकाशित करना चाहते हैं!"

उसने स्क्रीन पर नजरें गड़ा दीं।

यह वही ऑनलाइन मैगज़ीन थी, जहाँ उसने हफ्तों पहले अपनी पहली कहानी भेजी थी।

शिव की उंगलियाँ काँपने लगीं।

"क्या सच में? मेरी कहानी?"

यह उसकी मेहनत का पहला फल था।

"शुरुआत छोटी ही सही, लेकिन अब सफर शुरू हो चुका था!"

शिव की आँखें फोन की स्क्रीन पर टिक गईं।

"हम आपकी कहानी प्रकाशित करना चाहते हैं!"

ये शब्द उसकी मेहनत की पहली जीत थे।

उसका दिल तेज़ी से धड़कने लगा।

उसने झट से मेल खोला और पत्रिका की टीम को जवाब लिखा—

"धन्यवाद! यह मेरे लिए बहुत खास है। कृपया आगे की प्रक्रिया बताइए।"

मेल भेजते ही उसकी साँसें तेज़ हो गईं।

"सपना सच हो रहा है!"

वह कुर्सी से उठा और कमरे में टहलने लगा।

अब तक परिवार को यकीन नहीं था, लेकिन अब उसे खुद को और उन्हें साबित करना था।

आज पहली बार उसे लगा कि उसने सही रास्ता चुना है।

लेकिन यह सिर्फ एक शुरुआत थी...

अब सफर और बड़ा होने वाला था!

शिव की आँखों में चमक थी।

पहली बार, उसकी मेहनत का कोई नतीजा सामने आया था।

लेकिन यह सिर्फ एक छोटी जीत थी—असली सफर तो अब शुरू हुआ था।

वह माँ-पापा को यह खबर बताना चाहता था, लेकिन कहीं न कहीं एक डर भी था।

"क्या वे खुश होंगे? या फिर इसे भी छोटा समझेंगे?"

उसने धीरे से माँ को आवाज़ दी—

"माँ, मेरी कहानी छप रही है!"

माँ ने चौंककर उसकी तरफ देखा।

"सच?"

उनकी आँखों में खुशी और चिंता दोनों थीं।

पिता अखबार पढ़ रहे थे, लेकिन उन्होंने भी हल्का सिर उठाया।

"कौन सी पत्रिका?" उन्होंने संक्षेप में पूछा।

शिव ने उन्हें नाम बताया, लेकिन उनका चेहरा सपाट ही रहा।

"अच्छा है। लेकिन इससे कुछ मिलेगा?"

शिव मुस्कुराया।

"हाँ, यह मेरा पहला कदम है। अभी शुरुआत है, लेकिन यही आगे रास्ता खोलेगा!"

पिता कुछ नहीं बोले, लेकिन माँ के चेहरे पर हल्की संतुष्टि थी।

शिव जानता था कि यह उनके लिए उतना बड़ा नहीं था, लेकिन उसके लिए यह उसकी दुनिया बदलने जैसा था।

अब वह पीछे नहीं हटने वाला था।

अब यह उसका सफर बन चुका था।

शिव के मन में अब एक नई ऊर्जा थी।

पहली सफलता ने उसे अहसास कराया कि अगर उसने खुद पर भरोसा रखा, तो यह बस एक शुरुआत थी।

लेकिन उसके सामने अब एक नई चुनौती थी—क्या यह सिर्फ एक संयोग था, या वह इसे एक लगातार सफर बना सकता था?

उसने अपनी नोटबुक निकाली और एक नई कहानी पर काम करना शुरू किया।

पहले जहाँ वह लिखने से पहले घबराता था, अब उसके हाथ बिना रुके चलते रहे।

"अगर एक कहानी छपी है, तो अगली भी छपेगी। और फिर एक दिन, मेरी खुद की किताब होगी!"

परिवार अब भी उसे पूरी तरह सपोर्ट नहीं कर रहा था, लेकिन इस बार शिव को किसी की मंज़ूरी की ज़रूरत नहीं थी।

अब उसे सिर्फ अपने सपने को सच करने की जिद थी।

शाम को, उसने इंटरनेट पर दूसरी पत्रिकाओं और पब्लिशिंग हाउस की लिस्ट निकाली।

"अब हर दिन, हर हफ्ते मैं अपनी कहानियाँ भेजूँगा। मैं खुद को रोने नहीं दूँगा, रुकने नहीं दूँगा!"

अब सफर शुरू हो चुका था, और इस बार वह इसे अधूरा नहीं छोड़ेगा

शिव अब सिर्फ सपने नहीं देख रहा था, वह उन्हें जी भी रहा था।

हर दिन एक नया लक्ष्य, हर रात एक नई कहानी।

अब उसकी कहानियाँ सिर्फ डायरी तक सीमित नहीं थीं, वह उन्हें दुनिया तक पहुँचा रहा था।

कुछ जगहों से जवाब नहीं आते थे, कुछ जगहों से रिजेक्शन मिलते थे, लेकिन अब उसे कोई फर्क नहीं पड़ता था।

"अगर हर बार सफलता ही मिलती, तो मेहनत की अहमियत कौन समझता?"

अब वह इस सफर का हर पल जी रहा था।

एक दिन, जब वह अपनी नई कहानी पूरी कर रहा था, तभी उसका फोन फिर से बजा।

यह उसी पत्रिका का मेल था—"हमें आपकी दूसरी कहानी भी पसंद आई। हम इसे भी छापना चाहते हैं!"

शिव की आँखें चमक उठीं।

"अब मैं सही राह पर हूँ। अब मैं खुद को रोकने नहीं दूँगा!"

शिव की उंगलियाँ काँप रही थीं, लेकिन इस बार डर से नहीं—उत्साह से!

पहली कहानी के बाद अब दूसरी भी छप रही थी।

यह साबित करता था कि पहली सफलता सिर्फ संयोग नहीं थी—वह सच में आगे बढ़ रहा था।

उसने झट से मेल पढ़ा और जवाब दिया—

"धन्यवाद! यह मेरे लिए बहुत मायने रखता है। कृपया आगे की प्रक्रिया बताइए।"

मेल भेजते ही उसके चेहरे पर एक अलग चमक थी।

लेकिन यह सफर यहीं नहीं रुक सकता था।

उसने अपनी नोटबुक उठाई और एक नया पेज पलटा।

"अब मुझे सिर्फ एक लेखक नहीं बनना, एक पहचान बनानी है!"

अब हर रिजेक्शन, हर चुनौती सिर्फ उसे और मजबूत बना रही थी।

अब वह सिर्फ खुद को साबित नहीं कर रहा था, बल्कि अपने सपनों को ज़िंदा कर रहा था!

शिव की दुनिया अब बदलने लगी थी।

पहले जहाँ वह अकेलापन महसूस करता था, अब वही अकेलापन उसे और मेहनत करने की ताकत दे रहा था।

"अगर मैं आज मेहनत नहीं करूँगा, तो कल मुझ पर कोई भरोसा नहीं करेगा।"

हर सुबह वह नई कहानी पर काम करता, और हर रात उसे कहीं न कहीं भेजता।

अब उसे रिजेक्शन से डर नहीं लगता था, बल्कि हर 'न' उसे और मजबूत बना रहा था।

लेकिन सफर आसान नहीं था।

घर में अब भी उसके करियर को लेकर सवाल उठाए जाते थे।

"बस ये लिखने से क्या होगा? कुछ ठोस करियर का भी सोचा है?" पिता ने एक दिन फिर पूछा।

इस बार, शिव के पास जवाब था।

"हाँ, करियर ही बना रहा हूँ। लेकिन अपने तरीके से!"

पिता ने कोई जवाब नहीं दिया, लेकिन उनकी आँखों में हल्का सा बदलाव था—शायद अब वे भी देख रहे थे कि शिव हार मानने वालों में से नहीं है।

अब यह सिर्फ एक सफर नहीं था, यह उसकी पहचान बनने का रास्ता था।

और वह इसे अधूरा नहीं छोड़ेगा

:

शिव अब वही नहीं रहा था, जो कुछ महीने पहले था।

जहाँ पहले वह हर बात पर संदेह करता था, अब उसमें एक अलग आत्मविश्वास था।

रिजेक्शन अब उसे कमजोर नहीं बनाते थे, बल्कि हर 'न' उसे और मेहनत करने की प्रेरणा देता था।

लेकिन असली परीक्षा अभी बाकी थी।

एक दिन, उसे एक बड़े प्रकाशन हाउस से मेल आया।

"आपकी कहानी हमें पसंद आई, लेकिन हमें कुछ बदलाव चाहिए। अगर आप तैयार हैं, तो इसे आगे बढ़ा सकते हैं।"

शिव की धड़कनें तेज़ हो गईं।

"बदलाव?"

क्या वह अपनी कहानी के मूल विचार से समझौता कर सकता था?

या फिर उसे अपने तरीके से आगे बढ़ना चाहिए?

यह अब तक का सबसे मुश्किल फैसला था।

क्या वह सफलता के लिए खुद को बदल देगा, या अपनी पहचान बनाए रखेगा?

शिव ने मेल दोबारा पढ़ा।

"अगर आप बदलाव करने के लिए तैयार हैं, तो इसे आगे बढ़ाया जा सकता है।"

उसके दिमाग में सवाल उठने लगे—

"क्या सफलता पाने के लिए मुझे अपने शब्दों से समझौता करना होगा?"

यह मौका बड़ा था, लेकिन क्या यह सही था?

उसने कुछ देर सोचा, फिर अपनी डायरी निकाली और लिखा—

"अगर मेरा लेखन मेरी आत्मा है, तो क्या मैं इसे बदल सकता हूँ?"

शिव ने गहरी सांस ली और प्रकाशन हाउस को जवाब दिया—

"मैं बदलाव करने को तैयार हूँ, लेकिन कहानी की आत्मा वही रहेगी।"

अब जवाब का इंतजार था।

क्या वे इसे स्वीकार करेंगे?

या फिर यह भी एक और अस्वीकार की लिस्ट में जुड़ जाएगा?

शिव जानता था कि यह सफर आसान नहीं था, लेकिन अब वह पीछे नहीं हट सकता था।

यह उसकी पहचान की लड़ाई थी!

शिव ने मेल भेज दिया, लेकिन उसका दिल तेज़ी से धड़क रहा था।

क्या प्रकाशन हाउस उसकी शर्तें मान लेगा?

या फिर यह भी एक और रिजेक्शन बनकर रह जाएगा?

हर बीतते मिनट के साथ उसका धैर्य टूट रहा था, लेकिन अब वह डर से भागने वाला नहीं था।

वह जानता था कि अगर यह मौका छूट भी गया, तो वह अगला दरवाज़ा खुद बनाएगा।

"अगर एक मौका चला भी गया, तो मैं और बेहतर बनूँगा!"

तभी उसका फोन वाइब्रेट हुआ।

"आपकी शर्तें स्वीकार की जाती हैं। हम आपकी कहानी प्रकाशित करने के लिए तैयार हैं!"

शिव के हाथ काँपने लगे।

"सच? मेरी कहानी?"

यह सिर्फ एक मेल नहीं था—यह उसके सपने का पहला बड़ा कदम था!

अब उसका नाम दुनिया के सामने आने वाला था।

अब उसका संघर्ष रंग लाने वाला था।

शिव की आँखें फोन की स्क्रीन पर टिक गईं।

"हम आपकी कहानी प्रकाशित करने के लिए तैयार हैं!"

उसका दिल ज़ोर से धड़कने लगा।

"क्या सच में? क्या ये वही सपना है, जिसके लिए मैं इतनी रातों तक जागा हूँ?"

वह तुरंत अपनी कुर्सी से उठा और कमरे में इधर-उधर टहलने लगा।

यह उसकी मेहनत की सबसे बड़ी जीत थी।

पहली बार, उसकी कहानियाँ सिर्फ डायरी तक सीमित नहीं थीं—अब वे दुनिया तक पहुँचने वाली थीं!

लेकिन असली सवाल अब यह था—आगे क्या?

क्या एक कहानी छपने से सब कुछ बदल जाएगा?

या फिर यह सिर्फ एक शुरुआत थी?

शिव जानता था कि सफर अभी लंबा है, लेकिन अब उसे यकीन हो चुका था—

"अगर मैंने यहाँ तक का सफर तय किया है, तो अब मैं कहीं नहीं रुकने वाला!"

शिव ने गहरी सांस ली और फोन को टेबल पर रख दिया।

यह जीत उसकी उम्मीदों से बड़ी थी, लेकिन क्या यह सफर यहीं खत्म हो गया था?

"नहीं, यह तो बस शुरुआत है!" उसने खुद से कहा।

अब उसे सिर्फ एक कहानी नहीं लिखनी थी, अब उसे एक लेखक बनना था!

उसने अपनी नोटबुक उठाई और अगले लक्ष्य के बारे में सोचना शुरू किया—

"क्या अब मुझे अपनी खुद की किताब पर काम करना चाहिए?"

यह ख्याल पहले भी उसके दिमाग में आया था, लेकिन अब यह सिर्फ एक सपना नहीं था, अब यह एक प्लान था।

उसने अपनी पुरानी कहानियाँ देखीं, अपने विचारों को इकट्ठा किया और एक नई डायरी खोली।

"अब मैं सिर्फ लिखूँगा नहीं, मैं अपनी पहचान बनाऊँगा!"

शिव के सफर की असली परीक्षा अब शुरू हो चुकी थी।

शिव अब पहले जैसा नहीं रहा था।

पहले जहाँ वह सिर्फ सोचता था, अब वह हर दिन अपने सपने के करीब बढ़ रहा था।

उसने अपनी डायरी के पहले पन्ने पर लिखा—

"यह सिर्फ एक कहानी की जीत नहीं, यह मेरी पहचान बनाने की शुरुआत है!"

अब वह सिर्फ एक लेखक नहीं बनना चाहता था, अब वह अपनी खुद की किताब लिखना चाहता था।

लेकिन यह सफर आसान नहीं था।

"क्या मैं सच में एक किताब लिख सकता हूँ?"

"क्या लोग इसे पढ़ेंगे?"

"क्या यह सिर्फ एक और अधूरा सपना बनकर रह जाएगा?"

लेकिन इस बार, शिव ने अपने डर को खुद पर हावी नहीं होने दिया।

उसने तुरंत एक नया पेज खोला और पहला शब्द लिखा—

"हर सफर की शुरुआत एक कदम से होती है, और यह मेरा पहला कदम है!"

अब उसकी कलम नहीं रुकेगी।

अब वह अपनी कहानी दुनिया तक पहुँचाकर ही रहेगा!

शिव की कलम पन्नों पर दौड़ रही थी।

हर शब्द के साथ वह खुद को और मजबूत महसूस कर रहा था।

पहले जहाँ वह अपने सपनों पर शक करता था, अब उसके अंदर सिर्फ एक ही भावना थी—"मुझे इसे पूरा करना ही है!"

"मैं अपनी किताब लिखूँगा, चाहे जितना भी समय लगे!"

वह घंटों तक लिखता, फिर खुद ही पढ़ता, एडिट करता, और दोबारा लिखता।

हर दिन उसका आत्मविश्वास बढ़ता जा रहा था।

लेकिन एक नई चुनौती सामने थी—

"क्या कोई इसे छापेगा?"

उसने रिसर्च शुरू की—कौन-कौन से पब्लिशर्स नए लेखकों को मौका देते हैं? कैसे एक किताब को प्रकाशित करवाया जाता है?

अब वह सिर्फ लिख नहीं रहा था, अब वह अपने सपनों को असलियत में बदलने की राह पर था।

यह सफर मुश्किल था, लेकिन अब वह किसी भी हाल में रुकने वाला नहीं था!

शिव अब सिर्फ लिखने तक सीमित नहीं था—वह अपने शब्दों को दुनिया तक पहुँचाने के लिए सही रास्ता भी तलाश रहा था।

हर दिन वह पब्लिशिंग हाउस के बारे में पढ़ता, नए लेखकों की कहानियाँ देखता, और खुद से पूछता—

"क्या मैं भी अपनी किताब छपवा सकता हूँ?"

इंटरनेट पर उसने कई लेखकों के संघर्ष पढ़े—

कोई 10 बार रिजेक्ट हुआ था,

कोई 50 बार,

कोई 100 बार,

लेकिन एक बात सबमें समान थी—उन्होंने हार नहीं मानी!

शिव को अब और हिम्मत मिली।

"अगर मुझे अपनी किताब छपवानी है, तो मुझे भी खुद को साबित करना होगा!"

उसने कुछ पब्लिशिंग हाउस की लिस्ट बनाई और सोचने लगा कि सबसे पहले किसे संपर्क किया जाए।

"शायद शुरुआत कठिन होगी, लेकिन यह मेरा सफर है—और इसे मैं खुद तय करूँगा!"

अब शिव सिर्फ एक लेखक नहीं था—अब वह अपनी पहचान बनाने के लिए तैयार था!

शिव ने पब्लिशिंग हाउस की लिस्ट बनाई और एक-एक कर मेल तैयार करने लगा।

हर मेल में उसने अपनी कहानी का सार, अपनी लेखन शैली और अपनी किताब के विचार को विस्तार से समझाया।

लेकिन हर बार भेजने से पहले उसके मन में एक सवाल उठता—

"अगर फिर से रिजेक्ट हो गया तो?"

पर इस बार, वह डर के आगे नहीं झुका।

"अगर मैं कोशिश नहीं करूँगा, तो कभी जान नहीं पाऊँगा कि मेरी काबिलियत क्या है!"

उसने एक गहरी सांस ली और पहला मेल भेज दिया।

फिर दूसरा, तीसरा, चौथा...

अब वह इंतजार कर रहा था।

हर बीतते दिन के साथ उसका उत्साह बढ़ रहा था, लेकिन मन के किसी कोने में हल्की सी घबराहट भी थी।

"क्या कोई मुझे जवाब देगा?"

एक दिन, जब वह अपनी नई कहानी पर काम कर रहा था, तभी उसका फोन वाइब्रेट हुआ।

"प्रिय शिव, हमें आपकी किताब का प्रस्ताव मिला, और हम इसे लेकर चर्चा करना चाहते हैं..."

शिव की धड़कनें तेज़ हो गईं।

"क्या यह मेरा मौका है?"

शिव का दिल ज़ोर-ज़ोर से धड़कने लगा।

"क्या यह सच में हो रहा है?"

उसने जल्दी से मेल दोबारा पढ़ा—

"हमें आपकी किताब का प्रस्ताव मिला, और हम इस पर चर्चा करना चाहते हैं। कृपया हमें अपनी उपलब्धता बताइए।"

यह सिर्फ एक मेल नहीं था—यह उसके सपने का पहला बड़ा दरवाजा खुलने जैसा था!

उसने झट से लैपटॉप खोला और जवाब टाइप किया—

"धन्यवाद! मैं किसी भी समय उपलब्ध हूँ। कृपया आगे की प्रक्रिया बताइए।"

मेल भेजते ही उसकी उंगलियाँ काँप रही थीं।

उसने कुर्सी से उठकर कमरे में चहल-कदमी शुरू कर दी।

"अगर यह बातचीत सफल रही, तो मेरी पहली किताब छप सकती है!"

लेकिन फिर उसके मन में एक और सवाल आया—

"अगर वे शर्तें रखेंगे? अगर मुझे अपनी कहानी में बदलाव करने होंगे?"

क्या वह अपने विचारों से समझौता करेगा, या अपनी पहचान को बनाए रखेगा?

यह उसके सफर का सबसे बड़ा फैसला होने वाला था।

शिव का मन बेचैन था।

एक तरफ उसका सपना था—अपनी किताब को प्रकाशित होते देखना।

दूसरी तरफ एक डर था—"अगर उन्होंने मेरी कहानी में बड़े बदलाव मांगे तो?"

क्या वह अपनी असली सोच से समझौता करेगा?

या फिर अपनी शर्तों पर चलेगा, चाहे नतीजा जो भी हो?

उसने गहरी सांस ली और खुद से कहा—

"अगर यह मेरी कहानी है, तो इसे मेरे तरीके से ही दुनिया के सामने आना चाहिए!"

अगले दिन पब्लिशिंग हाउस की टीम से उसकी कॉल शेड्यूल हुई।

वह लैपटॉप के सामने बैठा, उसकी हथेलियाँ पसीने से भीग रही थीं।

कुछ देर बाद, स्क्रीन पर नाम चमका—"प्रकाशन टीम"

शिव ने कॉल रिसीव की।

"हैलो शिव, हमें आपकी कहानी पसंद आई। हम इसे प्रकाशित करना चाहते हैं, लेकिन..."

शिव की साँसें थम गईं।

"लेकिन क्या?"

"हमें इसमें कुछ बदलाव करने होंगे।"

यही वह क्षण था, जिसका उसे सबसे ज्यादा डर था।

क्या वह इस मौके को हाथ से जाने देगा?

या अपनी शर्तों पर डटा रहेगा?

यह उसकी अब तक की सबसे बड़ी परीक्षा थी।

शिव की उंगलियाँ टेबल पर हल्के-हल्के थरथरा रही थीं।

"बदलाव?"

यह शब्द उसके कानों में गूंज रहा था।

पब्लिशिंग हाउस के व्यक्ति ने आगे कहा, "हम आपकी कहानी को पसंद करते हैं, लेकिन कुछ हिस्से हैं जो मार्केटिंग के हिसाब से बदलने होंगे।"

शिव चुप था।

"क्या बदलाव?" उसने धीमी आवाज़ में पूछा।

"हम चाहते हैं कि कहानी का अंत थोड़ा सकारात्मक हो। पाठकों को एक प्रेरणादायक संदेश मिले। और हाँ, आपको कुछ किरदारों को हल्का बदलना होगा ताकि यह बड़े दर्शकों तक पहुँच सके।"

शिव की आँखें स्क्रीन पर टिकी थीं।

यह उसके लिए गर्व का पल था कि उसकी कहानी प्रकाशित हो सकती थी, लेकिन... क्या वह अपनी सोच से समझौता कर सकता था?

उसके मन में स्नेहा के शब्द गूंजे—

"अगर तुम्हारा सपना सच्चा है, तो तुम्हें उसके लिए लड़ना पड़ेगा!"

क्या वह अपने सपने के साथ समझौता करने वाला था?

या फिर अपनी शर्तों पर इसे आगे बढ़ाएगा?

कुछ सेकंड की चुप्पी के बाद, शिव ने गहरी साँस ली और कहा—

"अगर यह मेरी कहानी है, तो इसे मेरे तरीके से ही जाना चाहिए!"

अब देखना था कि सामने वाला क्या जवाब देता है...

स्क्रीन के दूसरी तरफ कुछ सेकंड की चुप्पी छा गई।

फिर पब्लिशिंग हाउस के व्यक्ति की आवाज़ आई—

"शिव, हम समझ सकते हैं कि आपकी कहानी आपके लिए कितनी अहम है। लेकिन पब्लिशिंग इंडस्ट्री में कभी-कभी थोड़ा बदलाव ज़रूरी होता है ताकि किताब ज़्यादा लोगों तक पहुँच सके।"

शिव की साँसें तेज़ हो गईं।

"लेकिन अगर मैं बदलाव नहीं करना चाहूँ तो?" उसने सीधा सवाल किया।

"अगर आप बदलाव नहीं करना चाहते, तो हम इसे प्रकाशित करने के बारे में दोबारा सोचेंगे।"

शिव को लगा जैसे किसी ने उसकी उम्मीदों को झटका दिया हो।

क्या उसे अपने सपने को पूरा करने के लिए अपनी सोच से समझौता करना होगा?

वह दुविधा में था।

"क्या यह एक मौका है जो दोबारा नहीं मिलेगा?"

या फिर उसे अपनी सच्चाई के साथ खड़ा रहना चाहिए?

उसने आँखें बंद कीं, एक गहरी साँस ली और फिर ठोस आवाज़ में जवाब दिया—

"मुझे मौका चाहिए, लेकिन अपने तरीके से। अगर आप मेरी कहानी को उसी रूप में स्वीकार कर सकते हैं, तो मुझे खुशी होगी। वरना मैं इंतजार कर लूंगा, लेकिन समझौता नहीं करूंगा।"

अब फैसला पब्लिशिंग हाउस के हाथ में था।

क्या वे शिव के आत्मविश्वास को समझेंगे?

या फिर यह मौका उसके हाथ से निकल जाएगा?

शिव की बात सुनकर पब्लिशिंग हाउस के प्रतिनिधि कुछ सेकंड के लिए चुप हो गए।

फिर उन्होंने कहा, "हम आपकी सोच की कद्र करते हैं, लेकिन हमें अपनी मार्केटिंग रणनीति भी देखनी होती है।"

शिव को अंदाजा था कि ऐसा जवाब मिलेगा।

उसने शांत स्वर में कहा, "मैं समझ सकता हूँ। लेकिन अगर मैं अपनी पहली किताब में ही अपनी पहचान से समझौता कर लूँ, तो आगे क्या करूंगा?"

सामने वाले व्यक्ति ने हल्की हंसी भरी सांस ली, "शिव, बहुत कम लेखक अपनी पहली किताब में ऐसी शर्तें रख पाते हैं। लेकिन हम आपकी कहानी में विश्वास रखते हैं। हम आपकी मूल सोच को बनाए रखते हुए इसे पब्लिश करने के लिए तैयार हैं।"

शिव की आँखें चमक उठीं।

"क्या सच में?"

"हाँ, लेकिन कुछ मामूली एडिट्स के साथ, जो आपकी मूल भावना को प्रभावित नहीं करेंगे।"

शिव ने राहत की सांस ली।

उसका सपना सच हो रहा था, बिना किसी समझौते के!

अब उसकी पहली किताब दुनिया के सामने आने वाली थी।

लेकिन यह सिर्फ एक किताब नहीं थी—यह उसकी मेहनत, संघर्ष और उसके आत्म-सम्मान की जीत थी!

8

पहचान की ओर

शिव की किताब पब्लिश होने वाली थी।उसने जो सपना देखा था, वह अब हकीकत बन रहा था लेकिन मन में हलचल थी—क्या लोग इसे पसंद करेंगे? उसने लैपटॉप खोला और पब्लिशिंग हाउस की वेबसाइट पर अपनी किताब का कवर देखा। "शिव की पहली किताब – जल्द ही उपलब्ध!" उसके दिल की धड़कनें तेज़ हो गईं। परिवार अब भी खामोश था। पिता ने कुछ नहीं कहा, माँ मुस्कुराईं, लेकिन उनकी आँखों में सवाल थे। शिव ने खुद से कहा—"अब मेरा असली सफर शुरू हो रहा है!" लेकिन सफलता इतनी आसानी से नहीं मिलती... शिव की किताब अब पब्लिक के सामने आने वाली थी, लेकिन क्या सच में लोग इसे पढ़ेंगे? उसने पहली बार सोशल मीडिया पर अपनी किताब का कवर पोस्ट किया। कैप्शन लिखा—

"यह सिर्फ एक किताब नहीं, मेरे सफर की शुरुआत है। उम्मीद है कि आप सभी इसे पसंद करेंगे!

कुछ ही देर में दोस्तों के कमेंट आने लगे—

"भाई, कमाल कर दिया!"

"अब तो साइन की हुई कॉपी चाहिए!"

"किताब कब से खरीद सकते हैं?"

शिव के चेहरे पर हल्की मुस्कान आ गई।लेकिन असली सवाल अब भी बाकी था—क्या अनजान लोग इसे पसंद करेंगे? पहली बार उसने

महसूस किया कि किताब लिखना मुश्किल था, लेकिन उसे दुनिया तक पहुँचाना उससे भी बड़ा संघर्ष था। अब उसका इंतजार शुरू हो गया था—पहली बिक्री, पहला रिव्यू, और पहली सच्ची प्रतिक्रिया! शिव की किताब ऑनलाइन प्लेटफॉर्म्स पर लिस्ट हो चुकी थी। अब उसे बस इंतजार था पहली बिक्री का, पहले रिव्यू का। हर घंटे वह वेबसाइट चेक करता, लेकिन संख्या '0' पर अटकी हुई थी। "क्या कोई इसे खरीदेगा?" सोशल मीडिया पर दोस्तों ने सराहा था, लेकिन क्या कोई सच में पैसे देकर उसकी किताब खरीदेगा? फिर एक रात, जब वह अपने फोन को घूर रहा था, अचानक एक नोटिफिकेशन आया—

"Congratulations! Your first book has been sold!"

शिव की आँखें चमक उठीं। "पहली किताब बिक गई!" लेकिन असली परीक्षा तब शुरू हुई, जब पहला रिव्यू आया... क्या लोगों को उसकी किताब पसंद आएगी? या फिर यह सपना यहीं खत्म हो जाएगा? शिव का दिल तेज़ी से धड़क रहा था। "पहली किताब बिक गई, लेकिन लोग इसे पसंद करेंगे या नहीं?" उसने वेबसाइट खोली और रिव्यू सेक्शन पर नजर डाली।

पहला रिव्यू दिखा—

"बहुत ही प्रेरणादायक कहानी! हर युवा को यह किताब पढ़नी चाहिए।"

शिव की आँखों में चमक आ गई।

फिर दूसरा रिव्यू—

"अच्छी कोशिश है, लेकिन और बेहतर हो सकता था।"

तीसरा रिव्यू—

"मुझे कहानी पसंद नहीं आई, बहुत धीमी थी।"

शिव की मुस्कान हल्की पड़ गई।

"क्या सच में मेरी किताब इतनी कमजोर है?"

लेकिन फिर उसने खुद को संभाला।

"हर कहानी हर किसी को पसंद नहीं आ सकती। लेकिन मुझे हार नहीं माननी है!"

अब उसे सिर्फ किताब बेचनी नहीं थी—अब उसे खुद को साबित करना था! शिव ने फोन रखा और गहरी सांस ली।

"कुछ लोगों को मेरी किताब पसंद आई, कुछ को नहीं... लेकिन क्या इससे फर्क पड़ता है?"

उसने खुद से पूछा, और जवाब साफ था—

"नहीं! अगर मैं सबको खुश करने की कोशिश करूँगा, तो अपनी पहचान खो दूँगा!"

अब उसे सिर्फ एक चीज़ करनी थी—अपनी अगली किताब पर काम शुरू करना।

क्योंकि एक लेखक की असली पहचान उसकी पहली किताब से नहीं, बल्कि उसके लगातार लिखने से बनती है।

उसने अपनी नोटबुक निकाली और पहला शब्द लिखा—

"हर सफर में ठोकरें मिलती हैं, लेकिन चलने वाले ही मंज़िल पाते हैं!"

अब वह रुकेगा नहीं।

अब वह सिर्फ एक लेखक नहीं था—अब वह एक पहचान बनाना चाहता था!

सफलता की नई दहलीज

शिव की किताब अब धीरे-धीरे लोगों तक पहुँच रही थी। पहले जहाँ उसे डर था कि कोई इसे पढ़ेगा भी या नहीं, अब वह रोज़ाना किताब की बिक्री और नए रिव्यू देखता। कुछ लोग तारीफ कर रहे थे, कुछ आलोचना। लेकिन अब शिव को इन सबसे फर्क नहीं पड़ता था। "अगर मैं हर आलोचना पर रुक गया, तो आगे कैसे बढ़ूँगा?" उसने खुद से कहा। अब उसे अगली किताब पर काम शुरू करना था, लेकिन इस बार और ज्यादा मेहनत के साथ! उसने अपनी डायरी खोली और पहला नोट लिखा— "पहली किताब ने मुझे एक लेखक बना दिया, लेकिन दूसरी किताब मेरी असली पहचान बनाएगी!" अब सफर और बड़ा होने वाला था... शिव अब पहले से ज्यादा आत्मविश्वास से भर चुका था। पहली किताब ने उसे सिखाया था कि हर सफलता के साथ आलोचना भी आती है, लेकिन असली जीत तब होती है जब तुम चलते रहते हो। उसने अगली

किताब की योजना बनानी शुरू की। "इस बार मैं और गहराई से लिखूँगा, और ऐसी कहानी दूँगा जो हर किसी के दिल को छू जाए!" लेकिन इस बार उसे सिर्फ एक किताब नहीं लिखनी थी—अब उसे खुद को एक स्थापित लेखक बनाना था! इसके लिए उसे अपनी लेखनी को और निखारना था, और सबसे बड़ी चुनौती थी—इस बार लोगों की उम्मीदें ज्यादा होंगी! क्या वह इन उम्मीदों पर खरा उतर पाएगा? या फिर यह सफर और मुश्किल हो जाएगा? शिव अपनी नोटबुक लेकर बैठा, लेकिन इस बार कहानी खुद-ब-खुद नहीं बह रही थी।

"पहली किताब लिखना आसान था, लेकिन दूसरी किताब पर दबाव ज्यादा है!"

पहले किसी को उससे उम्मीद नहीं थी, लेकिन अब लोग उसकी अगली रचना का इंतजार कर रहे थे।

"क्या मैं फिर से वही जादू दोहरा पाऊँगा?"

उसने गहरी साँस ली और खुद से कहा—

"अगर पहली किताब ने मुझे लेखक बनाया, तो दूसरी किताब मेरी असली परीक्षा होगी!"

उसने पेन उठाया और पहला शब्द लिखा।

"हर सफर में नए मोड़ आते हैं, लेकिन जो चलते रहते हैं, वही मंज़िल तक पहुँचते हैं!"

अब वह किसी भी हालत में रुकने वाला नहीं था।

इस बार उसकी किताब सिर्फ एक कहानी नहीं होगी—यह उसकी पहचान होगी!

शिव ने कहानी का पहला पन्ना लिखा और गौर से उसे देखा।

"क्या यह वाकई उतना ही दमदार है, जितना मैं चाहता हूँ?"

पहली किताब से उसने सीखा था कि सिर्फ लिखना काफी नहीं होता, पाठकों के दिल तक पहुँचना ज़रूरी है।

इस बार वह ज्यादा मेहनत करना चाहता था।

उसने अपने पुराने नोट्स देखे, उन कहानियों को पढ़ा जो अधूरी रह गई थीं।

"क्या इनमें से किसी कहानी को पूरा कर सकता हूँ?"

फिर उसकी नजर एक अधूरी पंक्ति पर पड़ी, जो उसने कई महीने पहले लिखी थी—

"जो लोग अंधेरे में रास्ता खोज लेते हैं, वही रोशनी तक पहुँचते हैं।"

शिव को लगा जैसे उसे अपनी अगली किताब की दिशा मिल गई हो।

अब उसे सिर्फ लिखना नहीं था—अब उसे कुछ ऐसा रचना था, जो लोगों को हमेशा याद रहे!

शिव ने उस पुरानी लाइन को दोबारा पढ़ा—

"जो लोग अंधेरे में रास्ता खोज लेते हैं, वही रोशनी तक पहुँचते हैं।"

उसका दिल तेज़ी से धड़कने लगा।

"यही तो मेरी अगली किताब की थीम हो सकती है!"

लेकिन इस बार वह जल्दबाज़ी नहीं करना चाहता था।

पहली किताब की गलतियों से उसने सीखा था कि हर शब्द, हर किरदार और हर भावना को पूरी ईमानदारी से उकेरना ज़रूरी है।

अब उसकी नई कहानी सिर्फ एक साधारण किस्सा नहीं होगी—यह एक ऐसा सफर होगा, जिसे लोग पढ़कर खुद को देख पाएँ।

उसने अपनी डायरी में लिखा—

"इस बार सिर्फ लिखूँगा नहीं, इस बार एक ऐसी रचना करूँगा, जो लोगों के दिलों में हमेशा के लिए रह जाए!"

अब उसकी लेखनी सिर्फ एक लक्ष्य नहीं थी—यह उसका जुनून बन चुकी थी।

लेकिन क्या यह सफर पहले से भी मुश्किल होगा?

शिव की उंगलियाँ नोटबुक के पन्नों पर चलने लगीं।

पहली किताब लिखते समय वह अकेला था, लेकिन अब उसकी पहचान बन चुकी थी।

"इस बार मुझसे लोगों को उम्मीदें होंगी... क्या मैं उन पर खरा उतर पाऊँगा?"

यह ख्याल आते ही उसकी कलम रुक गई।

पहली किताब में कोई उसे नहीं जानता था, कोई उसकी लेखनी को जज नहीं कर रहा था।

लेकिन अब हर शब्द पर लोग ध्यान देंगे, हर वाक्य को परखेंगे।

"क्या मैं सच में पहले से बेहतर लिख सकता हूँ?"

शिव ने गहरी साँस ली।

"डर से बेहतर है कि मैं लिखना शुरू करूँ!"

उसने पहला शब्द लिखा—

"हर सफर में अंधेरे होते हैं, लेकिन जो रुके बिना चलते हैं, वही उजाले तक पहुँचते हैं।"

अब उसकी दूसरी किताब का सफर शुरू हो चुका था।

लेकिन क्या यह सफर पहले से भी कठिन होगा?

शिव ने पहला पन्ना लिखा, लेकिन यह आसान नहीं था।

पहली किताब लिखते समय सिर्फ उसका जुनून था, लेकिन अब उसे उम्मीदों का बोझ भी महसूस हो रहा था।

"अगर यह किताब पहली से कमजोर निकली, तो लोग क्या कहेंगे?"

यह ख्याल उसे रोक रहा था, लेकिन फिर उसने खुद से सवाल किया—

"क्या मैं इसलिए लिखता हूँ कि लोग क्या कहेंगे, या इसलिए कि मुझे लिखना पसंद है?"

उसने जवाब खुद ही दिया—

"मैं इसलिए लिखता हूँ क्योंकि यह मेरी आत्मा की आवाज़ है।"

अब उसे किसी की मंज़ूरी की जरूरत नहीं थी, न ही किसी की सराहना की।

अब वह सिर्फ अपनी सच्चाई को पन्नों पर उतारना चाहता था।

उसने कलम उठाई और अगला शब्द लिखा—

"हर लेखक की पहचान उसकी ईमानदारी से होती है, न कि लोगों की राय से!"

अब वह बिना रुके लिखेगा, बिना किसी डर के!

लेकिन क्या यह किताब उसे पहले से भी ज्यादा सफलता दिलाएगी?

शिव की कलम अब बिना रुके चल रही थी।

पहले जहाँ वह हर शब्द पर संदेह करता था, अब हर वाक्य उसके अंदर के जुनून को उजागर कर रहा था।

"अब मैं सिर्फ एक किताब नहीं लिख रहा, मैं अपनी आत्मा को शब्दों में ढाल रहा हूँ।"

हर दिन वह घंटों तक लिखता, फिर खुद पढ़ता, सुधारता और आगे बढ़ता।

लेकिन इस बार उसका सफर पहले से ज्यादा चुनौतीपूर्ण था।

पहली किताब के समय उसे कोई नहीं जानता था, लेकिन अब लोग उसे एक लेखक मान चुके थे।

"क्या दूसरी किताब भी पहली जैसी प्रभावशाली होगी?"

इस सवाल ने कई बार उसे रोका, लेकिन फिर उसने खुद से कहा—

"मैं दूसरों की उम्मीदों के लिए नहीं, अपनी पहचान के लिए लिख रहा हूँ!"

अब उसे किसी प्रमाण की जरूरत नहीं थी—अब उसे सिर्फ खुद को देना था, पूरी सच्चाई और ईमानदारी के साथ।

और इस बार, वह पहले से भी ज्यादा गहराई से लिख रहा था...

लेकिन क्या यह किताब उसे उसकी असली पहचान दिला पाएगी?

9

अंतिम परीक्षा

शिव की दूसरी किताब अब पूरी हो चुकी थी।

पहली किताब की तरह इस बार कोई डर नहीं था—बल्कि एक अजीब सा आत्मविश्वास था।

"अब मैं जानता हूँ कि मेरी पहचान क्या है!"

लेकिन सफर अभी खत्म नहीं हुआ था।

अब सबसे बड़ी चुनौती थी—इसे प्रकाशित करवाना और लोगों तक पहुँचाना।

पहली किताब में उसे खुद को साबित करना था,

अब दूसरी किताब में उसे अपनी जगह बनाए रखनी थी।

क्या यह किताब पहली से ज्यादा सफल होगी?

या फिर यह सफर पहले से भी कठिन हो जाएगा?

शिव ने गहरी सांस ली और पब्लिशिंग हाउस को मेल लिखा—

"मेरी दूसरी किताब तैयार है!"

अब उसे सिर्फ इंतजार करना था—उसके लेखन की असली परीक्षा शुरू हो चुकी थी!

शिव ने पब्लिशिंग हाउस को मेल भेज दिया, लेकिन इस बार वह पहले की तरह बेचैन नहीं था।

पहली किताब के समय वह हर पल वेबसाइट चेक करता था, हर घंटे मेल का इंतजार करता था।

लेकिन अब वह जानता था कि एक लेखक का असली काम सिर्फ लिखना होता है, बाकी चीज़ें अपने समय पर होती हैं।

फिर भी, मन में हलचल थी—

"क्या यह किताब पहली से ज्यादा पसंद की जाएगी?"

कुछ दिनों बाद, उसके फोन की स्क्रीन चमकी—

"प्रिय शिव, हमें आपकी नई किताब का मसौदा (manuscript) मिल गया है। हम इसे पढ़ रहे हैं और जल्द ही आपको जवाब देंगे!"

शिव ने गहरी सांस ली।

अब यह उसकी मेहनत की असली परीक्षा थी।

अगर इस बार उसकी किताब सफल होती, तो वह सिर्फ एक लेखक नहीं, बल्कि एक स्थापित नाम बन सकता था!

लेकिन क्या इस बार भी उसे उतनी ही मेहनत करनी होगी जितनी पहली किताब के लिए की थी?

या फिर यह सफर और कठिन होने वाला था?

शिव हर दिन अपने मेलबॉक्स को देखता, लेकिन कोई ठोस जवाब नहीं आया था।

पहली किताब के समय भी उसने लंबा इंतजार किया था, लेकिन इस बार दांव और भी बड़ा था।

अब वह सिर्फ एक नया लेखक नहीं था, बल्कि एक ऐसी पहचान बना चुका था, जिसे उसे बनाए रखना था।

फिर एक दिन, उसके फोन पर नोटिफिकेशन आया—

"प्रिय शिव, आपकी किताब को लेकर हमारी टीम ने चर्चा की है। हमें आपकी पांडुलिपि पसंद आई, लेकिन कुछ सुझाव हैं..."

शिव ने जल्दी से मेल खोला।

"क्या वे इसे स्वीकार कर रहे हैं?"

या फिर उसे पहले जैसी ही कठिनाइयों का सामना करना पड़ेगा?

उसका दिल तेज़ी से धड़कने लगा।

क्या यह उसकी दूसरी सफलता की शुरुआत थी?

शिव ने मेल पढ़ना शुरू किया।

"हमें आपकी किताब बहुत पसंद आई, लेकिन..."

फिर वही "लेकिन" शब्द!

उसका दिल धड़कने लगा।

"क्या वे फिर से बदलाव की माँग कर रहे हैं?"

मेल आगे जारी था—

"हम चाहते हैं कि आप कुछ हिस्सों को और स्पष्ट करें ताकि पाठकों के लिए कहानी अधिक प्रभावी बन सके। अगर आप तैयार हैं, तो हम इसे प्रकाशित करने के लिए आगे बढ़ सकते हैं!"

शिव ने राहत की सांस ली।

इस बार वे उसकी कहानी को स्वीकार कर रहे थे, बिना किसी बड़े बदलाव की माँग के!

अब यह उसकी पसंद थी—क्या वह एडिटिंग के लिए तैयार है?

उसने खुद से कहा—

"अगर ये सुधार कहानी को और बेहतर बना सकते हैं, तो मुझे यह करना चाहिए!"

अब उसे अपनी किताब के अंतिम ड्राफ्ट पर काम करना था।

लेकिन सवाल था—क्या यह किताब पहली से भी ज्यादा सफल होगी?

या फिर इसे भी अपने पाठकों के दिलों तक पहुँचने के लिए संघर्ष करना पड़ेगा?

शिव ने पब्लिशिंग हाउस के सुझावों को ध्यान से पढ़ा।

"अगर ये बदलाव मेरी कहानी को और मजबूत बनाएँगे, तो मुझे इन्हें अपनाने में कोई दिक्कत नहीं है!"

उसने अपनी पांडुलिपि को फिर से एडिट करना शुरू किया।

कुछ हिस्सों को और स्पष्ट किया, कुछ दृश्यों में और गहराई जोड़ी, कुछ संवादों को और प्रभावशाली बनाया।

यह प्रक्रिया आसान नहीं थी, लेकिन अब वह जानता था कि एक लेखक को अपनी कहानी को बेहतरीन बनाने के लिए खुद पर कठोर होना पड़ता है।

कई दिनों की मेहनत के बाद, आखिरकार उसका अंतिम ड्राफ्ट तैयार हो गया!

अब उसने संशोधित पांडुलिपि को पब्लिशिंग हाउस को भेज दिया।

"अब यह मेरा सबसे अच्छा काम है। अब फैसला पाठकों के हाथ में होगा!"

अब बस इंतजार था—उसकी दूसरी किताब दुनिया के सामने आने वाली थी!

शिव ने संशोधित पांडुलिपि भेज दी और अब बस इंतजार था।

पहली किताब के समय वह बेचैन था, लेकिन इस बार वह शांत था—क्योंकि अब उसे खुद पर भरोसा था!

कुछ दिनों बाद, उसके फोन पर मेल आया—

"प्रिय शिव, हमें खुशी है कि आपने जरूरी बदलाव किए। आपकी किताब अब पब्लिशिंग के लिए तैयार है!"

शिव की आँखें चमक उठीं।

"मेरी दूसरी किताब भी प्रकाशित हो रही है!"

लेकिन इस बार, उसे सिर्फ किताब छपवानी नहीं थी—उसे इसे सफलता बनाना था।

पहली किताब को लोगों तक पहुँचने में समय लगा था, लेकिन अब उसे एक रणनीति बनानी थी।

अब सवाल था—क्या यह किताब पहली से ज्यादा सफल होगी?

या फिर उसे अपनी पहचान बनाए रखने के लिए पहले से भी ज्यादा मेहनत करनी होगी?

शिव ने मेल दोबारा पढ़ा।

"आपकी किताब अब पब्लिशिंग के लिए तैयार है!"

उसका दिल तेजी से धड़क रहा था, लेकिन इस बार घबराहट नहीं, एक नई ऊर्जा थी!

पहली किताब के समय उसे सिर्फ अपनी पहचान बनानी थी, लेकिन अब उसे खुद को एक स्थापित लेखक साबित करना था।

उसने तुरंत अपने सोशल मीडिया अकाउंट्स खोले और अपनी दूसरी किताब की घोषणा की—

"मेरी दूसरी किताब जल्द आ रही है! यह सफर आपके प्यार और समर्थन के बिना अधूरा होता।"

कुछ ही देर में दोस्तों और पाठकों के कमेंट आने लगे—

"इस बार क्या कहानी होगी?"

"हम इंतजार नहीं कर सकते!"

"पहली किताब से भी बेहतर होगी न?"

शिव मुस्कुराया, लेकिन यह आखिरी कमेंट उसके दिमाग में अटक गया—

"पहली से भी बेहतर होगी न?"

अब उसे सिर्फ किताब पब्लिश नहीं करनी थी, उसे खुद को भी पहले से बेहतर बनाना था।

लेकिन क्या इस बार वह लोगों की उम्मीदों पर खरा उतर पाएगा?

या फिर यह सफर पहले से भी ज्यादा चुनौतीपूर्ण होगा?

शिव की दूसरी किताब की घोषणा के बाद, सोशल मीडिया पर हलचल तेज़ हो गई थी।

लोग अब उसकी किताब का इंतजार कर रहे थे, लेकिन साथ ही उनकी उम्मीदें भी पहले से ज्यादा थीं।

पहली किताब के समय कोई नहीं जानता था कि वह कौन है, लेकिन अब हर कोई उसकी दूसरी किताब की तुलना पहली से करेगा।

"क्या मैं पहली किताब से भी बेहतर कुछ दे सकता हूँ?"

शिव को अहसास हुआ कि एक लेखक के लिए हर अगली किताब उसकी सबसे बड़ी परीक्षा होती है।

पर इस बार वह किसी डर से नहीं, बल्कि पूरे आत्मविश्वास के साथ आगे बढ़ रहा था।

उसने अपनी पब्लिशिंग टीम को जवाब दिया—

"मैं लॉन्च के लिए पूरी तरह तैयार हूँ!"

अब अगला कदम था—किताब के कवर का खुलासा (Cover Reveal)।

क्या यह लोगों को आकर्षित कर पाएगा?

क्या यह किताब सच में उसकी पहचान को और मजबूत बनाएगी?

अब इंतजार सिर्फ रिलीज़ डेट की घोषणा का था!

शिव अब अपनी दूसरी किताब के कवर रिवील (Cover Reveal) की तैयारी कर रहा था।

पहली किताब में उसने ज्यादा कुछ नहीं सोचा था, लेकिन इस बार हर चीज़ पर ध्यान देना ज़रूरी था।

"इस बार सिर्फ एक किताब नहीं, मुझे अपनी ब्रांडिंग भी मजबूत करनी होगी!"

उसने अपनी पब्लिशिंग टीम से कवर डिज़ाइन के लिए सुझाव मांगे।

कुछ ही दिनों में उसे तीन अलग-अलग कवर डिज़ाइन मिले।

वह स्क्रीन पर उन्हें ध्यान से देखता रहा—

✓ पहला कवर आधुनिक था, जिसमें किताब का शीर्षक चमक रहा था।

✓ दूसरा कवर गहरे रंगों का था, जो कहानी की गहराई को दर्शा रहा था।

✓ तीसरा कवर सरल था, लेकिन उसमें एक अनकही कहानी छिपी हुई थी।

अब शिव को फैसला लेना था—कौन सा कवर उसकी किताब की आत्मा को सबसे अच्छे से दर्शाता है?

क्या वह कोई बोल्ड और आकर्षक कवर चुनेगा?

या फिर एक ऐसा कवर, जो कहानी की सादगी और गहराई को दिखाए?

यह फैसला उसकी किताब की सफलता में बड़ा फर्क डाल सकता था!

शिव ने तीनों कवर डिज़ाइनों को ध्यान से देखा।

पहला आकर्षक था, दूसरा गहरा और तीसरा सादगी भरा।

"क्या मुझे कुछ ऐसा चाहिए जो बस दिखने में अच्छा लगे?"

"या कुछ ऐसा जो मेरी कहानी की आत्मा को सही मायनों में दर्शाए?"

उसने आँखें बंद कीं और खुद से सवाल किया—

"अगर यह मेरी सबसे अहम किताब होती, तो मैं कौन सा कवर चुनता?"

कुछ देर सोचने के बाद, उसने तीसरा कवर चुना।

यह सरल था, लेकिन इसमें गहराई थी—जैसे उसकी खुद की कहानी।

उसने पब्लिशिंग टीम को जवाब दिया—

"यही फाइनल कवर है!"

अब अगला कदम था—रिलीज़ डेट की घोषणा।

शिव जानता था कि यह किताब उसकी ज़िंदगी बदल सकती है, लेकिन क्या यह पहली किताब से भी बड़ी सफलता होगी?

या यह सफर पहले से भी ज्यादा संघर्षपूर्ण होने वाला था?

अब वह अपने जीवन की सबसे महत्वपूर्ण घड़ी के करीब था...

अब किताब का कवर फाइनल हो चुका था, लेकिन असली रोमांच अभी बाकी था—रिलीज़ डेट की घोषणा!

शिव जानता था कि यह सिर्फ एक तारीख नहीं थी, बल्कि यह वह दिन था जब उसकी महीनों की मेहनत दुनिया के सामने आएगी।

पब्लिशिंग हाउस ने उसे दो संभावित तारीखें भेजीं:

पहली तारीख – जल्दी रिलीज़, लेकिन कम प्रमोशन के साथ।

दूसरी तारीख – एक महीने बाद, लेकिन पूरी मार्केटिंग स्ट्रैटेजी के साथ।

शिव के मन में सवाल उठे—

"क्या मुझे जल्दबाज़ी करनी चाहिए?"

"या फिर थोड़ा इंतजार करके इसे और बड़ी सफलता बनाना चाहिए?"

पहली किताब में उसने अनुभव लिया था कि केवल लिखना ही काफी नहीं, किताब को सही ढंग से प्रस्तुत करना भी ज़रूरी होता है।

इस बार वह जल्दबाज़ी नहीं करना चाहता था।

उसने पब्लिशिंग हाउस को जवाब भेजा—

"मैं दूसरी तारीख चुनता हूँ। मुझे अपनी किताब को पूरी तरह प्रमोट करना है!"

अब उसके पास एक निश्चित दिन था—जिस दिन उसकी दूसरी किताब आधिकारिक रूप से दुनिया के सामने आएगी!

लेकिन क्या यह फैसला सही होगा?

क्या लोग इतनी देर तक इंतजार करेंगे?

या फिर वह कोई बड़ा मौका गँवा देगा?

अब वह अपने करियर के सबसे बड़े पड़ाव पर खड़ा था।

अब रिलीज़ डेट तय हो चुकी थी।

बस एक महीना बाकी था!

शिव जानता था कि यह समय उसकी किताब के प्रमोशन के लिए सबसे अहम था।

"पहली किताब में मुझे मार्केटिंग की ज़्यादा समझ नहीं थी, लेकिन इस बार मैं कोई कसर नहीं छोड़ूँगा!"

उसने अपनी रणनीति बनाई:

✓ सोशल मीडिया पर लगातार अपडेट्स शेयर करना।

✓ एक ट्रेलर वीडियो बनाना, जिसमें किताब की झलक दी जाए।

✓ अपने पहले पाठकों को एडवांस कॉपी भेजना ताकि वे रिव्यू दे सकें।

✓ कुछ बड़े इंस्टाग्राम और यूट्यूब बुक रिव्यूअर्स से संपर्क करना।

अब हर दिन उसकी मेहनत दोगुनी हो गई थी।

हर सुबह वह एक नया पोस्ट लिखता, लोगों से उनकी राय लेता और धीरे-धीरे उसकी किताब को लेकर उत्साह बढ़ने लगा!

लेकिन इस सबके बीच शिव को अब भी एक सवाल परेशान कर रहा था...

"क्या यह किताब वाकई पहली किताब से ज्यादा सफल होगी?"

या फिर यह सफर पहले से भी ज्यादा चुनौतीपूर्ण होगा?

अब गिनती शुरू हो चुकी थी...

अब किताब की रिलीज़ में सिर्फ दो हफ्ते बचे थे।

शिव हर दिन प्रमोशन कर रहा था, लेकिन उसके मन में अब भी हल्की घबराहट थी।

"क्या लोग इसे वाकई पसंद करेंगे?"

"क्या पहली किताब की सफलता दोहराई जा सकेगी?"

एक दिन, उसने अपनी सोशल मीडिया पोस्ट पर एक अनजान व्यक्ति का कमेंट देखा—

"पहली किताब ठीक थी, लेकिन देखना चाहते हैं कि इस बार तुम क्या नया लाए हो!"

शिव ठहर गया।

"यही तो असली चुनौती है—मैं सिर्फ अपनी पिछली सफलता पर नहीं टिक सकता। मुझे खुद को पहले से बेहतर साबित करना होगा!"

उसने तुरंत अपनी टीम से संपर्क किया और एक बड़ा कदम उठाने का फैसला किया—एक बुक लॉन्च इवेंट!

"अगर यह मेरी सबसे बड़ी किताब है, तो इसकी लॉन्चिंग भी खास होनी चाहिए!"

अब लक्ष्य साफ था—इस किताब को सिर्फ एक और पब्लिकेशन नहीं, बल्कि एक बड़ी उपलब्धि बनाना!

लेकिन क्या यह इवेंट लोगों का ध्यान खींच पाएगा?

क्या यह किताब वाकई पहले से बेहतर साबित होगी?

अब शिव अपनी सबसे महत्वपूर्ण घड़ी के करीब था...

अब किताब की रिलीज़ में सिर्फ एक हफ्ता बचा था!

शिव और उसकी टीम ने बुक लॉन्च इवेंट की पूरी तैयारी कर ली थी।

स्थान: एक मशहूर कैफे, जहाँ युवा लेखक और पाठक अक्सर आते थे।

विशेष आमंत्रित: कुछ जाने-माने लेखक और बुक रिव्यूअर्स।

लाइव स्ट्रीम: इंस्टाग्राम और यूट्यूब पर लाइव सेशन, ताकि ज्यादा से ज्यादा लोग जुड़ सकें।

शिव ने खुद को आईने में देखा—

"पहली किताब के समय मैं सिर्फ एक नया लेखक था, लेकिन इस बार मेरी जिम्मेदारी बड़ी है!"

अब उसे सिर्फ किताब लॉन्च नहीं करनी थी, उसे एक यादगार शुरुआत करनी थी!

लेकिन लॉन्च से एक दिन पहले, अचानक उसकी टीम से फोन आया—

"शिव, हमें एक समस्या हो गई है..."

उसका दिल धड़कने लगा।

"अब क्या हुआ?"

क्या यह उसकी सबसे बड़ी सफलता बनने वाली थी, या फिर कोई नई मुश्किल उसका इंतजार कर रही थी?

शिव का दिल ज़ोर-ज़ोर से धड़कने लगा।

"अब क्या हुआ?" उसने घबराकर पूछा।

टीम के मैनेजर ने जवाब दिया—

"बुक लॉन्च इवेंट के लिए जिस कैफे को बुक किया था, उन्होंने अचानक मना कर दिया है। किसी इमरजेंसी के कारण वे हमें जगह नहीं दे सकते!"

शिव के हाथ से फोन लगभग गिर ही गया।

"लेकिन अब तो बस एक दिन बचा है! अब हम कहाँ इवेंट करेंगे?"

टीम के सभी लोग उलझन में थे।

"अगर लॉन्च इवेंट कैंसिल हुआ, तो इसका असर किताब की बिक्री पर भी पड़ेगा!"****"हमारे पास सिर्फ कुछ घंटे हैं—हमें तुरंत कोई दूसरा समाधान निकालना होगा!"

शिव ने गहरी सांस ली।

"नहीं! अब पीछे हटने का कोई ऑप्शन नहीं है।"

"हमें तुरंत नई जगह ढूँढनी होगी, चाहे कुछ भी हो!"

अब सवाल था—क्या वह इतनी जल्दी कोई दूसरी जगह अरेंज कर पाएगा?

या फिर उसकी सबसे बड़ी सफलता, सबसे बड़ी नाकामी में बदल जाएगी?

घड़ी की तरफ देखा—लॉन्च इवेंट में सिर्फ 24 घंटे बचे थे!

उसने तुरंत टीम से कहा, "हमें कोई दूसरा वेन्यू ढूँढना होगा, और जल्दी!"

पहली कॉल: एक और कैफे—"सॉरी, इतनी जल्दी बुकिंग संभव नहीं है!"

दूसरी कॉल: एक छोटे हॉल में बात हुई—"हमें एडवांस पेमेंट चाहिए!"

तीसरी कॉल: एक बुकस्टोर से—"हम इवेंट होस्ट कर सकते हैं, लेकिन लिमिटेड सीट्स होंगी!"

शिव ने बिना वक्त गँवाए फैसला लिया—"बुकस्टोर पर ही लॉन्च करेंगे!"

अब इवेंट का लोकेशन बदल चुका था, लेकिन सबको यह सूचना देना जरूरी था!

उसने सोशल मीडिया पर तुरंत पोस्ट डाली—

"नई जगह, नया जोश! मेरी किताब का लॉन्च अब इस बुकस्टोर में होगा! आप सभी का इंतजार रहेगा!"

टीम ने तेजी से मेहमानों और मीडिया को अपडेट किया।

अब सवाल था—क्या लोग नए वेन्यू पर आएंगे?

या फिर इतनी आखिरी मिनट की गड़बड़ी से इवेंट फीका पड़ जाएगा?

शिव ने खुद से कहा—"अब मैं रुक नहीं सकता। यह मेरी सबसे बड़ी परीक्षा है!"

लॉन्च के दिन सुबह 10 बजे—

शिव बुकस्टोर पर पहुँचा। उसकी टीम पहले ही तैयारियों में लगी थी।

स्टेज तैयार था, पोस्टर्स लगे थे, किताबों की पहली खेप सामने रखी थी।

लेकिन अब सबसे बड़ा सवाल था—क्या लोग आएंगे?

11 बजे: कुछ लोग पहुँचना शुरू हुए—कुछ दोस्त, कुछ जान-पहचान वाले।

11:30 बजे: सोशल मीडिया पर पोस्ट देखने के बाद कुछ नए चेहरे भी आए।

12 बजे: स्टोर धीरे-धीरे भरने लगा, लेकिन शिव अब भी बेचैन था।

"क्या यह इवेंट उतना सफल होगा जितना मैंने सोचा था?"

तभी...

"नमस्कार दोस्तों, आपका स्वागत है शिव की नई किताब के लॉन्च इवेंट में!"

मेजबान ने माइक संभाला और तालियाँ बजने लगीं!

शिव ने गहरी सांस ली।

अब वक्त था सबसे बड़ा कदम उठाने का—स्टेज पर जाने और दुनिया के सामने अपनी किताब पेश करने का!

शिव ने माइक संभाला और हल्की मुस्कान के साथ सामने देखा।

बुकस्टोर में अब अच्छी खासी भीड़ थी!

वहाँ सिर्फ दोस्त और जान-पहचान वाले ही नहीं, बल्कि कई नए चेहरे भी थे—ऐसे लोग जो उसकी किताब को लेकर सच में उत्साहित थे!

शिव ने बोलना शुरू किया—

"जब मैंने पहली किताब लिखी थी, तब मुझे नहीं पता था कि कोई इसे पढ़ेगा भी या नहीं। लेकिन आज, जब मैं यहाँ दूसरी किताब के साथ खड़ा हूँ, तो मुझे महसूस होता है कि लिखना सिर्फ शब्दों का खेल नहीं, बल्कि एक सफर है!"

तालियाँ बजीं।

फिर किसी ने सवाल किया—

"इस किताब में सबसे खास चीज़ क्या है?"

शिव रुका, फिर मुस्कुराया।

"यह सिर्फ एक कहानी नहीं, बल्कि मेरी सोच, मेरी भावनाएँ, और मेरा संघर्ष है। पहली किताब मेरी शुरुआत थी, लेकिन यह किताब मेरी पहचान है!"

फिर बुकस्टोर के मैनेजर ने घोषणा की—

"अब हम आधिकारिक तौर पर शिव की नई किताब को लॉन्च कर रहे हैं!"

शिव ने जैसे ही रिबन काटा, कैमरे चमक उठे, तालियाँ गूँजने लगीं!

लेकिन असली परीक्षा अभी बाकी थी—अब देखना था कि यह किताब लोगों के दिलों तक पहुँच पाती है या नहीं?

जैसे ही शिव ने रिबन काटा, उसकी किताब आधिकारिक रूप से लॉन्च हो गई!

तालियाँ गूँज उठीं, कैमरे चमकने लगे, और उसके भीतर एक अजीब-सी राहत थी—उसकी महीनों की मेहनत आखिरकार रंग लाई थी!

अब सबसे बड़ा सवाल था—क्या लोग इसे खरीदेंगे?

बुकस्टोर के मैनेजर ने घोषणा की—

? "जो लोग शिव की किताब खरीदना चाहते हैं, वे यहाँ कतार में आ सकते हैं!"

शिव की धड़कनें तेज़ हो गईं।

कुछ पल के लिए सन्नाटा छा गया...

फिर, धीरे-धीरे लोग आगे बढ़ने लगे।

पहले एक व्यक्ति, फिर दूसरा, फिर तीसरा... और कुछ ही देर में बुकस्टोर में एक लंबी लाइन लग गई!

शिव की आँखों में चमक आ गई।

"मेरी किताब सच में लोगों तक पहुँच रही है!"

हर साइन की हुई कॉपी के साथ वह महसूस कर रहा था कि अब वह सिर्फ एक लेखक नहीं, बल्कि एक स्थापित नाम बन रहा है!

लेकिन असली परीक्षा तब आएगी जब पहले रिव्यू सामने आएंगे...

क्या लोग इसे पहली किताब से बेहतर मानेंगे?

या फिर यह सफर पहले से भी मुश्किल हो जाएगा?

शिव लोगों को अपनी किताब की साइन की हुई कॉपी दे रहा था, लेकिन उसका असली इंतज़ार अभी बाकी था—पहले रिव्यू का!

"क्या इस बार मेरी किताब पहली से बेहतर साबित होगी?"

इवेंट खत्म होने के बाद, वह अपने फोन पर बार-बार नोटिफिकेशन चेक कर रहा था।

फिर पहला रिव्यू आया...

????? "शानदार! पहली किताब से भी ज्यादा गहरी और प्रेरणादायक।"

शिव की आँखें चमक उठीं।

फिर दूसरा रिव्यू...

???? "बहुत अच्छी किताब! कहानी की पकड़ मजबूत है, लेकिन कुछ जगह और बेहतर हो सकती थी।"

फिर तीसरा...

??? "ठीक-ठाक थी, लेकिन मुझे पहली किताब ज्यादा पसंद आई।"

शिव रुका, मुस्कुराया और खुद से कहा—

"हर किसी को खुश करना नामुमकिन है, लेकिन एक लेखक का असली काम बस लिखते रहना है!"

अब उसकी दूसरी किताब भी सफल हो रही थी।

अब वह सिर्फ एक उभरता हुआ लेखक नहीं था—अब वह एक पहचान बन चुका था!

10

जब लड़कों की आवाज़ उठी

शिव अब सिर्फ एक लेखक नहीं था—वह अब उन सवालों का जवाब देना चाहता था, जो हर लड़के की ज़िंदगी में आते हैं।

पहली किताब उसकी पहचान बनी, दूसरी ने उसे स्थापित किया, लेकिन अब वह सिर्फ अपनी कहानी नहीं, बल्कि हर उस लड़के की कहानी लिखना चाहता था जो समाज के दबाव में जी रहा था।

"लड़कों की समस्याओं पर कोई बात क्यों नहीं करता?"

शिव ने अपने सोशल मीडिया पर एक पोस्ट डाली—

"क्या लड़कों को भी मानसिक दबाव महसूस होता है?"

"क्या समाज लड़कों से बहुत ज्यादा उम्मीदें रखता है?"

"क्या लड़कों को भी रोने और कमजोर महसूस करने का हक नहीं है?"

कुछ ही घंटों में सैकड़ों कमेंट्स आए—

"भाई, आपने सही कहा! हमें हमेशा सिखाया जाता है कि मर्द को दर्द नहीं होता।"

"मैं भी करियर और परिवार की उम्मीदों के बीच फँसा हूँ, कोई समझने वाला ही नहीं है।"

"क्या लड़के अपनी भावनाओं को खुलकर व्यक्त कर सकते हैं, या फिर हमेशा दबे रहना ही उनकी किस्मत है?"

शिव को समझ आ गया—यह सिर्फ उसकी समस्या नहीं थी, यह हर लड़के की कहानी थी!

अब उसने एक बड़ा फैसला लिया—

"अब मैं सिर्फ लिखूँगा नहीं, अब मैं समाज में बदलाव लाने की कोशिश करूँगा!"

लेकिन क्या समाज उसकी इस सोच को स्वीकार करेगा? या फिर उसे आलोचनाओं और विरोध का सामना करना पड़ेगा?

शिव अब सिर्फ एक लेखक नहीं, एक बदलाव की लहर बन चुका था।

उसकी पोस्ट पर आने वाले सैकड़ों कमेंट्स ने उसे एहसास कराया कि हर लड़का इसी जाल में फँसा हुआ है—भावनाओं को छुपाने, समाज की उम्मीदों पर खरा उतरने और हमेशा मजबूत दिखने का दबाव।

लेकिन अब सवाल था—क्या इस पर खुलकर बात की जा सकती है?

"अगर कोई लड़का अपनी भावनाएँ ज़ाहिर करता है, तो लोग उसे कमजोर क्यों समझते हैं?"

शिव ने एक लाइव सेशन रखा, जहाँ उसने सीधे लोगों से बात की।

लाइव शुरू होते ही लोग जुड़ने लगे—

100... 500... 1000... कुछ ही मिनटों में हज़ारों लोग देख रहे थे!

"भाई, मैं भी अपने दर्द को छुपाता हूँ, कोई समझने वाला नहीं है।"

"मैंने कभी सोचा ही नहीं कि ये हमारी भी समस्या हो सकती है!"

"क्या लड़कों को भी खुलकर अपनी भावनाएँ व्यक्त करने की आज़ादी होनी चाहिए?"

शिव ने माइक उठाया और कहा—

"अगर हम बदलाव चाहते हैं, तो हमें खुद से शुरुआत करनी होगी। हमें ये स्वीकार करना होगा कि हम सिर्फ मजबूत दिखने के लिए नहीं बने हैं—हम भी इंसान हैं, और हमें भी अपने डर, दर्द और सपनों पर बात करने का हक है!"

लेकिन जैसे ही यह वीडियो वायरल हुआ, उसे आलोचनाओं का सामना करना पड़ा।

"ये सब फालतू की बातें हैं! लड़कों को कमजोर बनने की जरूरत नहीं है!"

"आज के लड़के बहुत भावुक हो रहे हैं, असली मर्द बनने की बजाय बकवास कर रहे हैं!"

"ये सब बेकार की बातें हैं, हमें मेहनत करनी चाहिए, रोने से कुछ नहीं मिलेगा!"

शिव चुप रहा।

क्या समाज सच में बदलाव के लिए तैयार नहीं था?

अब उसके सामने दो रास्ते थे—

1? या तो वह हार मान ले और चुप हो जाए।

2? या फिर पूरी ताकत से अपनी बात कहे, चाहे विरोध कितना भी हो।

शिव ने अपनी डायरी खोली और लिखा—

"अगर बदलाव लाना आसान होता, तो दुनिया पहले ही बदल चुकी होती। लेकिन कोई तो शुरुआत करेगा... और वो मैं बनूँगा!"

अब वह पीछे नहीं हटेगा।

लेकिन क्या समाज उसे स्वीकार करेगा? या उसे और संघर्ष करना पड़ेगा?

शिव अब दुविधा में था।

एक तरफ हज़ारों लोग थे जो उसकी बात से सहमत थे,

दूसरी तरफ समाज का एक बड़ा तबका था जो उसे "कमजोर मानसिकता फैलाने वाला" कह रहा था।

"क्या मैं गलत कर रहा हूँ?"

उसने खुद से यह सवाल पूछा, लेकिन फिर उसे उन लड़कों के कमेंट्स याद आए—

"भाई, आपकी बातों ने मेरी आँखें खोल दीं!"

"पहली बार ऐसा लगा कि कोई हमें भी समझता है!"

"मैं अब अपनी भावनाओं को नहीं छुपाऊँगा, मुझे खुद पर गर्व है!"

शिव को अहसास हुआ कि अगर उसे वाकई बदलाव लाना है, तो उसे डरना नहीं चाहिए।

"अब बात सिर्फ मेरे बारे में नहीं है, अब बात हर उस लड़के की है जो इस समाज के दबाव से जूझ रहा है!"

शिव का अगला कदम—एक नई मुहिम!

उसने "Men's Mental Health Matters" नाम से एक ऑनलाइन कैम्पेन शुरू किया।

एक प्लेटफॉर्म बनाया जहाँ लड़के खुलकर अपनी भावनाएँ शेयर कर सकते थे। वीडियो बनाए जहाँ उसने बताया कि समाज लड़कों से क्या उम्मीद करता है और उन्हें कैसे खुद के प्रति ईमानदार रहना चाहिए।

धीरे-धीरे यह मुहिम बड़ी होने लगी!

"पहली बार कोई लड़कों की बात कर रहा है, वरना हमेशा कहा जाता था कि हम बस मजबूत बने रहें!"

"मेरे दोस्त ने आत्महत्या कर ली थी क्योंकि वह अपना दर्द किसी से कह नहीं पाया। अब मैं खुलकर अपनी बात कहूँगा!"

"हम सिर्फ अपने सपनों के लिए नहीं, बल्कि अपने मानसिक स्वास्थ्य के लिए भी लड़ेंगे!"

लेकिन यह लड़ाई आसान नहीं थी।

शिव को मीडिया और बड़े लोगों से भी आलोचनाएँ मिलने लगीं—

"ये लड़कों को कमजोर बना रहा है!"

"हमारे समाज में यह सब नहीं चलता, लड़कों को बस अपने करियर पर ध्यान देना चाहिए!"

"यह सिर्फ एक ट्रेंड है, इसे ज्यादा सीरियस मत लो!"

शिव ने एक गहरी साँस ली।

"अगर लोग मेरी बात से डर रहे हैं, तो इसका मतलब है कि मैं सही दिशा में हूँ!"

अब वह पीछे नहीं हटने वाला था।

लेकिन क्या वह सच में बदलाव ला पाएगा? या समाज उसे नकार देगा?

शिव ने अपनी मुहिम को और आगे बढ़ाने का फैसला किया।

अब वह सिर्फ सोशल मीडिया तक सीमित नहीं रहना चाहता था—उसे लोगों तक सीधे पहुँचना था!

"अगर सच में बदलाव लाना है, तो हमें इसे सिर्फ ऑनलाइन नहीं, असल ज़िंदगी में भी लाना होगा!"

शिव का अगला कदम—"Men's Talk Forum"

उसने कॉलेज और यूनिवर्सिटीज़ में सेमिनार देने शुरू किए।
वहाँ लड़कों को खुलकर अपनी समस्याओं पर बात करने का मंच दिया। लोगों को यह समझाने की कोशिश की कि मानसिक स्वास्थ्य सिर्फ लड़कियों के लिए नहीं, बल्कि लड़कों के लिए भी ज़रूरी है।

पहला सेमिनार दिल्ली यूनिवर्सिटी में रखा गया।

शुरुआत में सिर्फ 50-60 लोग आए।

लेकिन जब शिव ने बोलना शुरू किया—

"क्या यहाँ कोई ऐसा है जिसने कभी अकेलापन महसूस किया हो?"

"क्या कभी ऐसा हुआ है कि आप अंदर से टूट रहे हों, लेकिन कह नहीं पाए?"

"क्या कभी ऐसा हुआ कि किसी ने कहा हो—'मर्द बन, कमजोर मत बनो'?"

धीरे-धीरे लोगों ने हाथ उठाने शुरू कर दिए।

लड़के अब खुलकर अपनी भावनाएँ ज़ाहिर करने लगे।

"हाँ, मैंने हमेशा अपने डर छुपाए हैं!"

"मुझे हमेशा कहा गया कि पुरुष रोते नहीं, लेकिन मैं जानता हूँ कि यह झूठ है!"

"मेरे घरवाले चाहते हैं कि मैं इंजीनियर बनूँ, लेकिन मेरा सपना म्यूजिक है। क्या मुझे अपने सपने को मार देना चाहिए?"

शिव ने माइक उठाया और कहा—

"यही बदलाव की शुरुआत है! जब तक हम खुद को समझेंगे नहीं, तब तक कोई और हमें नहीं समझेगा!"

लेकिन यह सफर इतना आसान नहीं था...

कुछ लोगों ने इसका विरोध करना शुरू कर दिया।

कई लोगों ने इसे "नए जमाने की फालतू सोच" कहा।

कुछ मीडिया हेडलाइंस में आया—"क्या पुरुषों को भी अब सहानुभूति चाहिए?"

शिव के लिए यह सबसे बड़ा मोड़ था।

अब सवाल यह था—

क्या वह इस विरोध का सामना कर पाएगा?

या यह सफर यहीं पर रुक जाएगा?

शिव का आंदोलन अब धीरे-धीरे ज़्यादा लोगों तक पहुँचने लगा था।

पहले जो लोग इसे एक मज़ाक समझ रहे थे, अब वे भी सोचने लगे थे कि शायद इसमें कुछ सच्चाई है।

लेकिन जितनी तेजी से उसका समर्थन बढ़ रहा था, उतनी ही तेजी से विरोध भी बढ़ रहा था।

"लड़कों को रोने की जरूरत नहीं, उन्हें मजबूत बनना चाहिए!"

"अगर पुरुष भी भावुक होने लगेंगे, तो समाज कैसे चलेगा?"

"यह सब दिखावा है, असली दुनिया में इसकी कोई जगह नहीं है!"

शिव को अंदाजा था कि बदलाव इतनी आसानी से नहीं आएगा।

लेकिन जब उसने अपने ही परिवार से विरोध महसूस किया, तब उसे सच में झटका लगा।

"बेटा, ये सब करने की क्या जरूरत है?"

एक दिन उसके पिता ने उसे बैठाकर कहा—

"शिव, तुम अच्छी किताबें लिख रहे हो, नाम कमा रहे हो, लेकिन ये सब लड़कों की भावनाओं पर बात करना... क्या वाकई जरूरी है?"

शिव चुप रहा।

उसकी माँ ने भी धीरे से कहा—

"समाज में लोग तुम्हारे बारे में अजीब-अजीब बातें करने लगे हैं, हमें चिंता होती है।"

शिव ने उनकी आँखों में देखा और कहा—

"अगर मेरे ही अपने मुझे नहीं समझेंगे, तो बाहर की दुनिया से क्या उम्मीद करूँ?"

शिव के लिए अब यह सिर्फ एक मुहिम नहीं, बल्कि उसकी खुद की लड़ाई बन चुकी थी।

अब सवाल यह था—

क्या वह अपने माता-पिता और समाज को यह समझा पाएगा कि यह मुद्दा वाकई गंभीर है?

क्या वह इस आंदोलन को और आगे ले जा सकेगा, या विरोध के कारण इसे छोड़ना पड़ेगा?

क्या यह सच में बदलाव ला पाएगा, या सिर्फ एक कोशिश बनकर रह जाएगा?

शिव के लिए यह सफर अब और मुश्किल होता जा रहा था।

बाहर के लोगों का विरोध उसे रोक नहीं पा रहा था, लेकिन जब उसके अपने ही सवाल उठाने लगे, तो वह अंदर से हिल गया।

"क्या सच में मेरी सोच गलत है?"

उसने अपने पिता की ओर देखा, जो उसे समझाने की कोशिश कर रहे थे—

"बेटा, हमें पता है कि तुम अच्छा काम कर रहे हो, लेकिन समाज को इतनी जल्दी बदला नहीं जा सकता!"

"जो बातें तुम कर रहे हो, वे अच्छी तो लगती हैं, लेकिन क्या इनसे कोई फर्क पड़ेगा?"

शिव ने गहरी साँस ली और कहा—

"पापा, जब पहली बार किसी ने महिलाओं के अधिकारों की बात की थी, तब भी लोग यही कहते थे कि इससे कोई फर्क नहीं पड़ेगा। लेकिन बदलाव हुआ!"

"अगर मैं भी यही सोचूँ कि मेरी कोशिश से कुछ नहीं बदलेगा, तो फिर बदलाव लाने वाला कोई नहीं होगा! उसके पिता चुप हो गए।

उसकी माँ ने धीरे से पूछा—

"क्या यह तुम्हारे लिए वाकई इतना ज़रूरी है?"

शिव की आँखों में आत्मविश्वास झलक रहा था—

"हाँ, क्योंकि यह सिर्फ मेरी नहीं, हर उस लड़के की लड़ाई है जो अपनी भावनाओं को छुपाने के लिए मजबूर है!"

शिव ने अब ठान लिया था—वह सिर्फ बोलने तक सीमित नहीं रहेगा, बल्कि असल बदलाव लाने के लिए कुछ बड़ा करेगा!

"अब समय आ गया है कि यह आवाज़ सिर्फ सोशल मीडिया तक न रहे, बल्कि समाज तक पहुँचे!"

शिव का अगला कदम—"Men's Mental Health Initiative"

उसने एक फाउंडेशन की शुरुआत की, जहाँ लड़कों को अपनी भावनाओं और मानसिक स्वास्थ्य पर खुलकर बात करने का मंच मिले।

मनोवैज्ञानिकों और काउंसलर्स से संपर्क किया, ताकि लड़कों को मुफ्त गाइडेंस दी जा सके।

स्कूलों और कॉलेजों में जागरूकता अभियान शुरू किया, जहाँ छात्रों को बताया जाए कि भावनाएँ छुपाना कमजोरी नहीं, बल्कि उन्हें समझना ताकत है।

लेकिन विरोध और बढ़ गया!

"लड़कों को इतनी तवज्जो देने की जरूरत ही क्या है?"

"ये सिर्फ लाइमलाइट पाने का तरीका है!"

"अब पुरुष भी विक्टिम कार्ड खेलेंगे क्या?"

शिव को समझ आ गया कि वह जितना आगे बढ़ेगा, उतना ही समाज उसे रोकने की कोशिश करेगा।

लेकिन अब वह हार मानने वालों में से नहीं था।

उसने अपने पहले इवेंट की घोषणा कर दी—

"Men's Mental Health: A New Perspective" (पुरुषों के मानसिक स्वास्थ्य पर एक नई सोच)

शिव के जीवन का सबसे महत्वपूर्ण दिन आ गया था—उसका पहला पब्लिक इवेंट!

"क्या लोग सच में इस मुद्दे को गंभीरता से लेंगे?"

उसने हाल में कदम रखा और देखा—सामने सिर्फ 20-25 लोग बैठे थे।

"इतनी मेहनत के बाद भी सिर्फ इतने लोग?"

थोड़ी निराशा हुई, लेकिन फिर उसने खुद से कहा—

"हर बदलाव की शुरुआत छोटी होती है!"

शिव ने बोलना शुरू किया—

"हम लड़कों से बचपन से क्या सिखाते हैं?"

"मर्द बनो!"

"लड़कियों की तरह मत रोओ!"

"करियर पहले, बाकी सब बाद में!"

"लेकिन क्या किसी ने कभी हमसे पूछा कि हम क्या महसूस करते हैं?"

हाल में सन्नाटा छा गया।

फिर अचानक, एक लड़का उठा और बोला—

"मैंने कभी अपने डर और भावनाओं के बारे में किसी से बात नहीं की, क्योंकि मुझे लगा कि यह कमजोरी होगी। लेकिन आज पहली बार लगा कि शायद यह ज़रूरी है!"

फिर एक और आवाज़ आई—

"मेरे पिता हमेशा मुझे मजबूत बनने की सीख देते रहे, लेकिन मैं अंदर से बहुत टूटा हुआ था। आज पहली बार लगा कि मैं अकेला नहीं हूँ!"

शिव की आँखों में चमक आ गई।

यह सिर्फ 20 लोगों का इवेंट नहीं था—यह बदलाव की शुरुआत थी!

शिव का पहला इवेंट छोटा था, लेकिन उसने जो चिंगारी जलाई थी, वह अब आग पकड़ने लगी थी।

इवेंट के बाद, कुछ लोगों ने सोशल मीडिया पर लिखा—

"हमने हमेशा सुना था कि मर्द को दर्द नहीं होता, लेकिन पहली बार लगा कि दर्द को दबाना ही सबसे बड़ी तकलीफ है!"

"शिव की बातों ने सोचने पर मजबूर कर दिया—क्या सच में हम अपनी भावनाओं को कभी खुलकर जी पाए?"

"यह सिर्फ एक इवेंट नहीं था, यह लड़कों की मानसिकता बदलने की शुरुआत थी!"

शिव ने यह सब पढ़ा और महसूस किया—अब वह अकेला नहीं था!

"अब समय आ गया है कि यह आंदोलन और बड़ा हो!"

शिव का अगला कदम—राष्ट्रीय स्तर पर जागरूकता अभियान!

टीवी और न्यूज़ चैनलों तक अपनी बात पहुँचाने की कोशिश की। मनोवैज्ञानिकों और काउंसलर्स को इस अभियान से जोड़ा। देश के अलग-अलग शहरों में 'Men's Mental Health' पर सेमिनार आयोजित करने की योजना बनाई।

लेकिन जैसे-जैसे यह अभियान बढ़ा, विरोध भी तेज़ होने लगा।

"अब लड़कों को भी सहानुभूति चाहिए? हद हो गई!"

"मर्दानगी खत्म करने की साजिश चल रही है!"

"लड़कियों के मुद्दे पहले से ज़्यादा अहम हैं, यह सब बेकार की बातें हैं!"

शिव जानता था कि यह सफर आसान नहीं होगा।

"अगर बदलाव लाना इतना आसान होता, तो यह पहले ही हो चुका होता!"

अब उसे और मेहनत करनी थी।

शिव का अभियान धीरे-धीरे लोगों तक पहुँचने लगा था।

अब तक सिर्फ कुछ लोग इससे जुड़े थे, लेकिन धीरे-धीरे देशभर के युवा इससे प्रेरित होने लगे।

"अब यह सिर्फ एक चर्चा नहीं, बल्कि एक आंदोलन बन रहा था!"

शिव का अगला कदम—सरकार तक अपनी बात पहुँचाना!

उसने एक याचिका तैयार की, जिसमें मांग की गई कि पुरुषों के मानसिक स्वास्थ्य पर भी जागरूकता अभियान चलाया जाए। हजारों लोगों ने इस पर साइन किए और इसे सरकार तक पहुँचाने की योजना बनी।

मीडिया में कुछ बड़े चैनलों ने इस मुद्दे को कवर करना शुरू कर दिया।

अब तक जिसे लोग मज़ाक समझ रहे थे, वही चर्चा का विषय बन चुका था।

लेकिन जैसे-जैसे यह अभियान बढ़ा, विरोध भी और तेज़ हो गया।

"अब लड़कों को भी अधिकार चाहिए? पहले लड़कियों के हक की बात होनी चाहिए!"

"ये सब नए ज़माने की बकवास है, मर्द को मजबूत रहना ही पड़ता है!"

"यह सिर्फ लाइमलाइट पाने का तरीका है, इससे कुछ नहीं बदलेगा!"

शिव ने अपने साथियों से कहा—

"हर बड़ा बदलाव पहले विरोध का सामना करता है, लेकिन हमें पीछे नहीं हटना है!"

लेकिन तभी एक बड़ा झटका लगा...

सरकार ने याचिका को स्वीकार करने से मना कर दिया।

"यह कोई महत्वपूर्ण मुद्दा नहीं है, अभी और भी बड़े सामाजिक विषय हैं जिन पर ध्यान देना ज़रूरी है!"

शिव के लिए यह एक बहुत बड़ा धक्का था।

"क्या सच में यह मुद्दा इतना छोटा है कि इसे नजरअंदाज कर दिया जाए?"

अब उसके पास दो रास्ते थे—

1? या तो वह हार मान ले और इस मुहिम को यहीं रोक दे।

2?या फिर और बड़ा कदम उठाए, जिससे पूरे देश का ध्यान इस ओर खींच सके।

सरकार की तरफ़ से याचिका खारिज कर दी गई।

शिव के लिए यह सबसे बड़ा झटका था।

"क्या सच में समाज इस मुद्दे को गंभीरता से नहीं लेगा?"

लेकिन उसने हार मानने से इनकार कर दिया।

"अगर सरकार इस पर ध्यान नहीं देगी, तो हमें जनता की ताकत दिखानी होगी!"

शिव का अगला कदम—जनता की आवाज़ बनना!

ऑनलाइन एक नया कैंपेन शुरू किया—"मर्द को दर्द होता है!"

वीडियो और कहानियों के ज़रिए लड़कों की असली समस्याएँ सबके सामने रखने का फैसला किया।

देशभर के कॉलेज और यूनिवर्सिटी में जाकर युवाओं से सीधे बातचीत करने की योजना बनाई।

अब तक जो लोग इसे छोटा मुद्दा मान रहे थे, वही लोग अब इस पर चर्चा करने लगे।

"क्या सच में पुरुषों को अपनी भावनाएँ दबाने के लिए मजबूर किया जाता है?"

"क्या समाज अब भी यह मानता है कि मर्द को दर्द नहीं होता?"

"क्या यह सही है कि पुरुषों की मानसिक परेशानियों को कोई गंभीरता से नहीं लेता?"

अब शिव के कैंपेन को पहले से कहीं ज़्यादा समर्थन मिलने लगा।

लेकिन मुश्किलें भी बढ़ गईं...

कुछ संगठनों ने इसका विरोध करना शुरू कर दिया।

कुछ लोगों ने शिव को धमकियाँ देना शुरू कर दिया—"यह सब बंद करो, यह हमारे समाज के खिलाफ़ है!"

कुछ लोगों ने सोशल मीडिया पर उसके खिलाफ़ नफरत फैलानी शुरू कर दी।

शिव के लिए अब यह सिर्फ एक सामाजिक मुद्दा नहीं था, यह उसकी खुद की पहचान की लड़ाई बन गई थी।

अब शिव के अभियान को इतना समर्थन मिलने लगा था कि मीडिया में भी इसकी चर्चा शुरू हो गई।

"क्या पुरुषों की मानसिक स्वास्थ्य पर चर्चा होनी चाहिए?"
"क्या मर्दानगी का मतलब सिर्फ मजबूत रहना है?"
"शिव का आंदोलन—समाज में बदलाव की शुरुआत या सिर्फ एक नई बहस?"

लेकिन इसके साथ-साथ विरोध भी और तेज़ होने लगा।

कुछ संगठनों ने शिव पर आरोप लगाए कि वह 'मर्दानगी' को कमजोर बना रहा है।

कई न्यूज़ चैनलों पर बहस होने लगी कि यह आंदोलन कितना ज़रूरी है। सोशल मीडिया पर कुछ लोगों ने शिव के खिलाफ दुष्प्रचार शुरू कर दिया—"यह सब सिर्फ पब्लिसिटी के लिए हो रहा है!"

शिव को पहली बार डर महसूस हुआ...

"क्या मैं सच में सही कर रहा हूँ?"

उसे याद आया कि जब उसने पहली किताब लिखी थी, तब भी उसे संदेह था कि कोई इसे पढ़ेगा भी या नहीं।

लेकिन उसने खुद से कहा—

"अगर मैंने तब हार मान ली होती, तो आज यहाँ तक नहीं पहुँचता!"

अब वह और मजबूती से आगे बढ़ने के लिए तैयार था।

शिव का सबसे बड़ा कदम—"Men's Mental Health March"

देशभर में एक सार्वजनिक मार्च की योजना बनाई, जहाँ लोग सड़कों पर उतरकर इस मुद्दे को समर्थन देंगे।

इसके लिए हज़ारों लोग पहले ही ऑनलाइन रजिस्ट्रेशन कर चुके थे।

इस बार मीडिया, मनोवैज्ञानिक और कई बड़े सोशल एक्टिविस्ट भी इसके समर्थन में आगे आए।

मार्च की तारीख तय हो गई—अब यह शिव के जीवन का सबसे बड़ा दिन होने वाला था!

लेकिन तभी, उसे एक धमकी भरा कॉल आया...

"अगर तुम यह आंदोलन जारी रखोगे, तो अंजाम बुरा होगा!"

शिव ने फोन रखा और कुछ देर तक चुपचाप बैठा रहा।

"अगर मैंने यह लड़ाई यहीं छोड़ दी, तो फिर कोई दूसरा कभी इसे आगे नहीं बढ़ाएगा।"

"यह सिर्फ मेरा सपना नहीं, बल्कि हर उस लड़के की जरूरत है जो समाज के बनाए हुए नियमों में उलझा हुआ है!"

मार्च का दिन आ गया...

सुबह 10 बजे—शिव तय समय पर मार्च के लिए पहुँचा।

लेकिन उसके मन में एक सवाल था—क्या लोग सच में आएंगे?

शुरुआत में भीड़ कम थी।

फिर धीरे-धीरे लोग जुड़ने लगे...

100... 500... 1000... और कुछ ही घंटों में हज़ारों लोग सड़कों पर थे!

"हम अपनी आवाज़ उठाएँगे!"

"हमें भी खुलकर अपनी भावनाएँ व्यक्त करने का अधिकार चाहिए!"

"पुरुषों की मानसिक परेशानियाँ भी वास्तविक हैं!"

मीडिया भी इसे कवर करने के लिए आ गई।

? "इतने बड़े स्तर पर ऐसा आंदोलन पहली बार देखा गया है!"

? "क्या समाज अब पुरुषों की मानसिक समस्याओं को गंभीरता से लेगा?"

? "शिव नाम का यह लड़का क्या सच में इतिहास रचने वाला है?"

लेकिन तभी... विरोध करने वाले भी आ गए!

"यह सब बेकार की बातें हैं, मर्द को दर्द नहीं होता!"

"यह समाज को कमजोर बना देगा, हमें सख्त रहना चाहिए!"

"यह पाश्चात्य संस्कृति की देन है, हमें इसकी जरूरत नहीं!"

कुछ जगहों पर झड़प भी होने लगी।

शिव के समर्थकों और विरोधियों के बीच बहस होने लगी।

"क्या पुरुष सिर्फ जिम्मेदारियाँ उठाने के लिए पैदा हुए हैं?"
"अगर महिलाओं की समस्याओं पर बात हो सकती है, तो पुरुषों की क्यों नहीं?"

शिव के सामने सबसे बड़ी चुनौती थी...

क्या यह आंदोलन सफल होगा, या यह विरोध में दब जाएगा?

क्या सरकार अब इस पर ध्यान देगी?

क्या समाज इसे सच में स्वीकार करेगा, या फिर इसे सिर्फ एक बगावत समझेगा?

अब यह सिर्फ एक आंदोलन नहीं था—अब यह एक नई सोच की शुरुआत थी!

मार्च अब अपने चरम पर था।

"पुरुष भी इंसान हैं, उन्हें भी मानसिक शांति और भावनात्मक सहारा चाहिए!"
"समाज कब तक मर्दानगी के नाम पर हमारी तकलीफों को नज़रअंदाज करता रहेगा?"

लेकिन जैसे-जैसे आंदोलन तेज़ हो रहा था, वैसे-वैसे विरोध भी बढ़ता जा रहा था।

कुछ लोगों ने नारेबाज़ी शुरू कर दी—"यह सब बेकार की बातें हैं!"
कुछ संगठनों ने इसे समाज की परंपराओं के खिलाफ बताया।
कुछ नेताओं ने कहा—"यह भारत की संस्कृति के खिलाफ़ है, हमें इसकी जरूरत नहीं!"

शिव इन सबका जवाब शांतिपूर्ण तरीके से देना चाहता था।

लेकिन तभी...

पुलिस आ गई!

"आप लोगों को अब यहाँ से हटना होगा, यह आंदोलन बिना अनुमति के हो रहा है!"

शिव चौंक गया।

"हम शांतिपूर्ण प्रदर्शन कर रहे हैं, इसमें गलत क्या है?"

लेकिन प्रशासन ने स्पष्ट कर दिया—

"अगर आप तुरंत भीड़ को नहीं रोकते, तो आपको गिरफ्तार किया जा सकता है!"

अब शिव के सामने सबसे बड़ी चुनौती थी—

क्या वह पीछे हट जाएगा और आंदोलन को रोक देगा?

या फिर अपने अधिकारों के लिए अड़ जाएगा, चाहे अंजाम कुछ भी हो?

शिव ने गहरी सांस ली और मंच पर चढ़कर बोला—

"अगर हमारी आवाज़ दबाने की कोशिश हो रही है, तो इसका मतलब है कि हम सही दिशा में हैं!"

भीड़ ने ज़ोरदार तालियाँ बजाईं।

शिव मंच पर खड़ा था, और सामने हज़ारों लोग थे—कुछ उसका समर्थन कर रहे थे, तो कुछ विरोध में नारे लगा रहे थे।

"हम अपनी आवाज़ नहीं दबने देंगे!"

"अगर महिलाओं के अधिकारों की बात हो सकती है, तो पुरुषों के मानसिक स्वास्थ्य पर क्यों नहीं?"

लेकिन पुलिस की चेतावनी अब भी गूँज रही थी—

"अगर आप तुरंत भीड़ को नहीं हटाते, तो आपको गिरफ्तार किया जा सकता है!"

शिव ने गहरी सांस ली।

क्या अब पीछे हट जाना चाहिए?

या यह लड़ाई यहीं खत्म करने का सही समय नहीं है?

शिव का फैसला—आंदोलन जारी रहेगा!

उसने मीडिया के कैमरों की ओर देखा और कहा—

"अगर हमें चुप कराने की कोशिश की जा रही है, तो इसका मतलब है कि हम सच कह रहे हैं!"

उसने प्रदर्शनकारियों से अपील की कि वे हिंसा न करें, क्योंकि यह एक शांतिपूर्ण आंदोलन है।

उसने वकीलों से संपर्क किया और कानूनी तौर पर आंदोलन को जारी रखने के तरीके तलाशने शुरू किए।

उसने सोशल मीडिया पर लाइव जाकर जनता को समझाया कि यह सिर्फ एक प्रदर्शन नहीं, बल्कि समाज में बदलाव की शुरुआत है!

लेकिन अचानक... पुलिस ने शिव को हिरासत में ले लिया!

"आपको सार्वजनिक शांति भंग करने के आरोप में गिरफ्तार किया जा रहा है!"

शिव को पुलिस वैन में ले जाया गया, लेकिन भीड़ उग्र होने लगी।

"शिव को रिहा करो!"

"हम अपनी लड़ाई जारी रखेंगे!"

"अगर आज हम चुप हो गए, तो कभी कोई हमारी बात नहीं सुनेगा!"

उसकी रिहाई की माँग कर रहे थे।

"शिव को रिहा करो!"

शिव को पुलिस वैन में ले जाया जा रहा था, लेकिन बाहर हज़ारों लोग

"पुरुषों की आवाज़ को दबाया नहीं जा सकता!"

"अगर अब नहीं बोले, तो कभी नहीं बोल पाएंगे!"

सोशल मीडिया पर #JusticeForShiv ट्रेंड करने लगा।

टीवी चैनलों पर ब्रेकिंग न्यूज़ चलने लगी—

"क्या एक शांतिपूर्ण आंदोलन को दबाया जा रहा है?"

"क्या पुरुषों की समस्याओं पर बात करना भी अपराध है?"

"क्या शिव का आंदोलन अब और तेज़ होगा?"

पुलिस स्टेशन में शिव से पूछताछ हुई—

"तुम्हारा मकसद क्या है?"

"हम कानून के हिसाब से काम कर रहे हैं, तुमने बिना परमिशन के बड़ा प्रदर्शन किया!"

"अगर तुम पब्लिकली माफ़ी माँग लेते हो, तो हम तुम्हें छोड़ सकते हैं।"

शिव ने गहरी साँस ली।

"क्या मैं झुक जाऊँ?"

"अगर मैं अब माफ़ी माँग लूँ, तो क्या समाज कभी बदलाव के लिए आवाज़ उठा पाएगा?"

उसने दृढ़ता से जवाब दिया—

"नहीं! मैं माफी नहीं माँगूँगा, क्योंकि मैंने कुछ गलत नहीं किया!"

बाहर आंदोलन और तेज़ हो गया!

देशभर में युवा सड़कों पर उतरने लगे।

कई बड़े सेलिब्रिटी और सामाजिक कार्यकर्ता भी समर्थन में आगे आए।

कुछ नेताओं ने भी इस पर बयान दिया—"हमें पुरुषों की मानसिक स्वास्थ्य समस्याओं को गंभीरता से लेना चाहिए!"

आखिरकार, 24 घंटे बाद...

"शिव को जमानत मिल गई!"

पुलिस स्टेशन के बाहर हजारों लोग उसका इंतजार कर रहे थे।

जैसे ही वह बाहर आया, लोगों ने उसका स्वागत किया—

"शिव, तुमने हमें आवाज़ दी है!"

"अब यह आंदोलन और रुकेगा नहीं!"

"हमारे हक़ के लिए हम लड़ते रहेंगे!"

शिव जानता था कि यह सिर्फ एक जीत नहीं थी, यह बदलाव की असली शुरुआत थी।

शिव जेल से बाहर आ चुका था, लेकिन अब लड़ाई और बड़ी हो चुकी थी।

"अब सरकार को हमारी बात सुननी ही होगी!"

"पुरुषों के मानसिक स्वास्थ्य को भी कानून में जगह मिलनी चाहिए!"

देशभर में आंदोलन और तेज़ हो गया।

टीवी डिबेट्स में चर्चा शुरू हो गई—

"क्या पुरुषों की मानसिक समस्याओं को कानून में जगह मिलनी चाहिए?"

"क्या शिव सच में समाज में बदलाव ला पाएगा?"

"क्या सरकार इस पर कोई कदम उठाएगी?"

शिव की अगली रणनीति—सरकार तक सीधी अपील!

उसने प्रधानमंत्री और सामाजिक कल्याण मंत्रालय को एक खुला पत्र लिखा।

देशभर से लाखों लोगों के सिग्नेचर इकट्ठे किए, ताकि इसे एक विधेयक (bill) के रूप में संसद में पेश किया जा सके।

सांसदों और सामाजिक संगठनों से मिलकर इस मुद्दे को संसद तक पहुँचाने की कोशिश की।

"अगर महिलाओं की सुरक्षा के लिए कड़े कानून हो सकते हैं, तो पुरुषों के मानसिक स्वास्थ्य के लिए भी कानून क्यों नहीं?"

लेकिन सरकार ने अभी भी कोई आधिकारिक बयान नहीं दिया था।

शिव जानता था कि अगर यह यहीं रुक गया, तो समाज इसे गंभीरता से नहीं लेगा।

अब अंतिम और सबसे बड़ा कदम—राष्ट्रव्यापी आंदोलन!

एक ऐतिहासिक दिन तय किया गया—देशभर के शहरों में एक साथ 'Men's Mental Health Walk' होगी।

लाखों लोग एक साथ मार्च करेंगे, ताकि सरकार इस मुद्दे को नज़रअंदाज न कर सके।

यह सिर्फ एक आंदोलन नहीं, इतिहास में दर्ज होने वाली घटना बनने वाली थी!

लेकिन तभी शिव को एक बड़ी चेतावनी मिली...

"अगर यह आंदोलन हुआ, तो तुम्हें रोक दिया जाएगा!"

अब यह सिर्फ एक मांग नहीं थी—यह एक नई क्रांति बन चुकी थी!

11

बदलाव की ओर पहला कदम

शिव की मेहनत रंग लाने लगी थी।

टीवी चैनलों पर चर्चा जारी थी—

"क्या पुरुषों की मानसिक स्वास्थ्य समस्याओं पर कानून बनाया जाएगा?"

"शिव का आंदोलन सरकार को झुका पाएगा?"

"क्या समाज अब पुरुषों की भावनाओं को गंभीरता से लेगा?"

सरकार ने किया ऐलान—एक राष्ट्रीय नीति पर विचार होगा!

"पुरुषों के मानसिक स्वास्थ्य को लेकर एक विशेष समिति बनाई जाएगी, जो इस पर रिपोर्ट तैयार करेगी!"

यह पहली बार था जब सरकारी स्तर पर यह मुद्दा गंभीरता से लिया जा रहा था!

शिव को जैसे ही यह खबर मिली, उसने अपनी टीम से कहा—

"यह सिर्फ एक शुरुआत है, हमें इसे अधूरा नहीं छोड़ना है!"

लेकिन असली चुनौती अभी बाकी थी...

सरकार ने समिति बनाई, लेकिन क्या वे सच में इस मुद्दे को प्राथमिकता देंगे?

क्या यह सिर्फ जनता को शांत करने की रणनीति थी, या असली बदलाव

आने वाला था?

क्या पुरुषों की मानसिक समस्याओं पर कोई ठोस कानून बन सकेगा?

शिव ने खुद को याद दिलाया—

"बदलाव लाने में समय लगता है, लेकिन अगर हम डटे रहें, तो जीत हमारी ही होगी!"

अब उसे सरकार पर दबाव बनाए रखना था, ताकि यह मुद्दा ठंडे बस्ते में न चला जाए!

क्या शिव इस आंदोलन को सफलता तक पहुँचा पाएगा?

या फिर यह एक लंबी लड़ाई बनने वाली थी?

सरकार ने पुरुषों के मानसिक स्वास्थ्य पर चर्चा करने के लिए समिति तो बना दी थी, लेकिन शिव जानता था कि सिर्फ घोषणा करने से कुछ नहीं बदलता।

"अब हमें यह देखना होगा कि यह सिर्फ राजनीति है या सच में बदलाव की शुरुआत!"

शिव और उसकी टीम ने तय किया कि वे हर हफ्ते इस विषय पर सरकार से अपडेट माँगेंगे।

उन्होंने एक ऑनलाइन अभियान शुरू किया—"हमें सिर्फ वादे नहीं, एक्शन चाहिए!"

हर दिन हजारों लोग #MentalHealthForMen के साथ सोशल मीडिया पर पोस्ट कर रहे थे।

कई मनोवैज्ञानिक और सामाजिक कार्यकर्ता भी इस आंदोलन का हिस्सा बनने लगे।

लेकिन सरकार ने कोई ठोस बयान नहीं दिया...

मीडिया ने सवाल उठाने शुरू किए—

"क्या सरकार इस मुद्दे को सिर्फ जनता को शांत करने के लिए इस्तेमाल कर रही है?"

"क्या पुरुषों की समस्याएँ वाकई सरकार की प्राथमिकता हैं?"

"कब तक सिर्फ वादे किए जाएँगे?"

शिव के लिए यह सबसे बड़ा मोड़ था।

अगर सरकार ने कदम नहीं उठाए, तो आंदोलन की आग ठंडी पड़ सकती थी।

अगर वह सही रणनीति नहीं बनाता, तो यह सब सिर्फ एक चर्चा बनकर रह जाएगा।

"हमें अब और बड़ा कदम उठाना होगा!"

शिव का अगला कदम—सरकार के खिलाफ शांतिपूर्ण प्रदर्शन!

उसने संसद के बाहर एक धरना आयोजित करने की घोषणा की।

उसने माँग की कि सरकार समिति की रिपोर्ट की एक सार्वजनिक डेडलाइन तय करे।

देशभर से लोग इस प्रदर्शन में शामिल होने के लिए तैयार थे।

लेकिन तभी शिव को एक चेतावनी भरा ईमेल आया—

"अगर तुम यह प्रदर्शन करते हो, तो इसके गंभीर परिणाम होंगे!"

शिव अब एक ऐसे मुकाम पर था, जहाँ पीछे हटने का कोई विकल्प नहीं था।

"अगर अब हम चुप हो गए, तो सरकार इसे गंभीरता से नहीं लेगी!"

संसद के बाहर देशभर से हजारों लोग प्रदर्शन के लिए इकट्ठा हो चुके थे।

मीडिया में भी इस प्रदर्शन की गूँज थी—

"क्या पुरुषों की मानसिक स्वास्थ्य नीति को अब मंजूरी मिलेगी?"

"शिव के आंदोलन का क्या भविष्य होगा?"

"क्या सरकार इस पर कोई ठोस कदम उठाएगी?"

शिव ने माइक उठाया और कहा—

"हम यहाँ सिर्फ अपने हक की माँग कर रहे हैं, कोई गलत काम नहीं कर रहे!"

"हम चाहते हैं कि सरकार हमें एक ठोस डेडलाइन दे कि इस मुद्दे पर रिपोर्ट कब तक पेश होगी!"

लोगों ने ज़ोरदार तालियाँ बजाईं।

लेकिन तभी... पुलिस वहाँ आ गई!

"यह प्रदर्शन अवैध है, आप सभी को तुरंत हटना होगा!"

"अगर आप नहीं हटे, तो बल प्रयोग किया जाएगा!"

शिव ने देखा कि पुलिस का रवैया आक्रामक हो रहा था।

"हम शांतिपूर्ण प्रदर्शन कर रहे हैं, हमें यह अधिकार है!"

लेकिन पुलिस ने आंदोलनकारियों को जबरन हटाना शुरू कर दिया!

आंसू गैस छोड़ी गई...

कुछ प्रदर्शनकारियों को गिरफ्तार किया गया...

मीडिया में हड़कंप मच गया!

ब्रेकिंग न्यूज़—

"शिव और उसके समर्थकों के खिलाफ बल प्रयोग!"

"क्या सरकार सच में इस मुद्दे को दबाना चाहती है?"

"यह आंदोलन अब और बड़ा बन सकता है!"

शिव को भी दोबारा हिरासत में ले लिया गया!

लेकिन इस बार हालात पहले से अलग थे।

अब तक यह सिर्फ एक आंदोलन था, लेकिन अब यह एक राष्ट्रीय बहस बन चुका था!

शिव को पुलिस हिरासत में लिए जाने की खबर आग की तरह फैल गई।

ब्रेकिंग न्यूज़—

"क्या पुरुषों के अधिकारों की आवाज़ दबाई जा रही है?"

"शिव की गिरफ्तारी के बाद आंदोलन और भड़का!"

"क्या सरकार अब पुरुषों की मानसिक स्वास्थ्य नीति पर फैसला लेगी?"

संसद के बाहर भीड़ और बढ़ गई!

अब लोग सिर्फ पुरुषों के मानसिक स्वास्थ्य पर चर्चा नहीं कर रहे थे, बल्कि सरकार से जवाब माँग रहे थे।

शिव पुलिस हिरासत में था, लेकिन बाहर उसका नाम गूँज रहा था!

"तुम्हें ज़मानत मिल सकती है, लेकिन एक शर्त पर—तुम्हें आंदोलन बंद करना होगा!"

शिव के सामने सबसे बड़ा सवाल था—

क्या वह इस लड़ाई को यहीं खत्म कर दे?

या फिर बिना डरे आगे बढ़े, चाहे अंजाम कुछ भी हो?

उसने बिना झिझक कहा—

"मैं आंदोलन बंद नहीं करूँगा, क्योंकि यह सिर्फ मेरी नहीं, बल्कि हर उस लड़के की लड़ाई है जिसे समाज ने हमेशा चुप रहने को मजबूर किया!"

पुलिस अधिकारी ने उसे घूरकर देखा, लेकिन फिर झुंझलाते हुए बोला—

"तुम्हारी गिरफ्तारी ने तुम्हें और मशहूर बना दिया है। अब सरकार को भी इस मुद्दे पर फैसला लेना पड़ेगा!"

आखिरकार, 48 घंटे बाद...

"शिव को रिहा कर दिया गया!"

जेल के बाहर हज़ारों लोग उसका इंतजार कर रहे थे।

"शिव, तुमने हमें आवाज़ दी है!"

"अब यह आंदोलन रुकेगा नहीं!"

"हम तब तक नहीं रुकेंगे, जब तक सरकार कोई ठोस कानून नहीं बनाती!"

लेकिन अब असली परीक्षा बाकी थी—क्या सरकार सच में नीति लाएगी, या यह सब सिर्फ एक दिखावा था?

अब यह आंदोलन अपने अंतिम चरण में पहुँच चुका था!

शिव जेल से बाहर आ चुका था, लेकिन अब उसे एहसास हुआ कि लड़ाई अभी खत्म नहीं हुई है—बल्कि अब असली परीक्षा शुरू हुई है!

"अब सरकार को ठोस कदम उठाने ही होंगे!"

सरकार ने पहली बार आधिकारिक बयान जारी किया!

ब्रेकिंग न्यूज़—

"पुरुषों के मानसिक स्वास्थ्य पर सरकार विचार करेगी!"

"शिव का आंदोलन अब संसद के दरवाजे तक पहुँच चुका है!"

"क्या यह सच में इतिहास रचने वाला है?"

सरकार ने एक विशेष समिति गठित की, जो पुरुषों के मानसिक स्वास्थ्य से जुड़े मुद्दों पर शोध करेगी।

संसद में इस विषय पर पहली बार चर्चा की जाने वाली थी!

कई सांसदों ने इस विषय को गंभीरता से लेने की माँग की!

शिव और उसकी टीम ने यह खबर सुनी और उनके चेहरे पर हल्की मुस्कान आई।

"हमने सरकार को मजबूर कर दिया कि वे इस विषय पर सोचें!"

लेकिन शिव जानता था कि सिर्फ चर्चा से कुछ नहीं होगा, अब असली बदलाव लाने के लिए दबाव बनाए रखना ज़रूरी था।

शिव का अगला कदम—सीधा संसद में अपील!

उसने सरकार से माँग की कि पुरुषों के मानसिक स्वास्थ्य के लिए राष्ट्रीय नीति बनाई जाए।

स्कूल और कॉलेज स्तर पर मेंटल हेल्थ अवेयरनेस प्रोग्राम शुरू किए जाएँ।

हर शहर में पुरुषों के लिए मानसिक स्वास्थ्य सहायता केंद्र खोले जाएँ।

लेकिन विरोध अब भी जारी था...

कुछ नेताओं ने कहा—"यह सिर्फ एक नया ट्रेंड है, इसे ज्यादा तवज्जो देने की जरूरत नहीं!"

कुछ संगठनों ने इसे "भारतीय संस्कृति के खिलाफ" बताया!

कई लोग अब भी कह रहे थे—"मर्द को दर्द नहीं होता!"

शिव ने अपने समर्थकों से कहा—

"अगर हमने यह लड़ाई यहाँ छोड़ दी, तो आने वाली पीढ़ियों को भी वही झेलना पड़ेगा, जो हमने सहा है!"

अब आंदोलन अपने अंतिम मोड़ पर था!

अब आंदोलन इतिहास के सबसे महत्वपूर्ण मोड़ पर था।

ब्रेकिंग न्यूज़—

"सरकार ने पुरुषों के मानसिक स्वास्थ्य नीति पर चर्चा के लिए संसद में विशेष सत्र बुलाया!"

"शिव की मेहनत रंग लाई—क्या अब असली बदलाव होगा?"

"क्या पुरुषों की मानसिक समस्याओं पर अब कोई ठोस कानून बनेगा?"

शिव को संसद में अपनी बात रखने का मौका मिला!

वह देश के उन चुनिंदा सामाजिक कार्यकर्ताओं में से एक था, जिन्हें इस विषय पर सरकार के सामने बोलने का अवसर मिला।

वह अब सीधे नेताओं और सांसदों के सामने अपनी बात रख सकता था!

यह उसका सबसे बड़ा मौका था—क्या वह समाज की सोच को बदल पाएगा?

संसद में शिव की ऐतिहासिक स्पीच

"क्या पुरुष सिर्फ मजबूत दिखने के लिए बने हैं?"

"क्या उनकी भावनाएँ मायने नहीं रखती?"

"क्या हम चाहते हैं कि हमारी आने वाली पीढ़ियाँ भी इसी चुप्पी में जीएँ?"

पूरे संसद में सन्नाटा था।

"हम आज तक कहते आए हैं कि मर्द को दर्द नहीं होता, लेकिन क्या यह सच है?"

"अगर पुरुषों की आत्महत्या दर महिलाओं से ज़्यादा है, तो क्या यह चिंता का विषय नहीं?"

"अगर समाज के डर से पुरुष अपनी भावनाएँ जाहिर नहीं कर पाते, तो क्या यह मानसिक शोषण नहीं?"

इसके बाद संसद में पहली बार यह विषय गंभीरता से उठाया गया!

सरकार ने पुरुषों के मानसिक स्वास्थ्य को लेकर नीति बनाने पर सहमति जताई।

मानसिक स्वास्थ्य के लिए फंड बढ़ाने की घोषणा की गई।

बड़े शहरों में मेंटल हेल्थ सपोर्ट सेंटर खोलने की योजना बनाई गई।

शिव की स्पीच ने संसद में हलचल मचा दी थी।

ब्रेकिंग न्यूज़—

"शिव की ऐतिहासिक स्पीच के बाद सरकार ने पहली बार पुरुषों के मानसिक स्वास्थ्य पर ठोस कदम उठाने की बात कही!"

"क्या अब इस मुद्दे पर कानून बनेगा?"

"समाज की सोच बदल रही है या यह सिर्फ एक बहस बनकर रह जाएगी?"

सरकार ने की ऐतिहासिक घोषणा!

"पुरुषों के मानसिक स्वास्थ्य के लिए राष्ट्रीय स्तर पर मेंटल हेल्थ कैंपेन चलाया जाएगा!"

"देशभर में हेल्पलाइन नंबर शुरू किए जाएँगे, जहाँ पुरुष अपनी मानसिक परेशानियों पर मदद ले सकेंगे!"

"स्कूल और कॉलेज में लड़कों के मानसिक स्वास्थ्य पर जागरूकता कार्यक्रम अनिवार्य किया जाएगा!"

शिव और उसकी टीम ने यह सुना और खुशी से एक-दूसरे को देखा।

"हमने पहली बार समाज को सोचने पर मजबूर कर दिया है!"

लेकिन अभी भी एक सबसे बड़ा सवाल बाकी था—

क्या यह सिर्फ एक सरकारी घोषणा होगी, या सच में इसे लागू किया जाएगा?

क्या पुरुषों की मानसिक स्वास्थ्य नीति को कानून का दर्जा मिलेगा?

क्या यह समाज में स्थायी बदलाव लाने में सफल होगा?

शिव जानता था कि यह जीत की शुरुआत थी, लेकिन सफर अभी खत्म नहीं हुआ था!

अब उसे यह सुनिश्चित करना था कि सरकार अपने वादों को सच में पूरा करे!

अब आगे क्या होगा?

क्या शिव सरकार को कानून बनाने के लिए मजबूर कर पाएगा?

क्या यह आंदोलन वाकई इतिहास बनाएगा?

या फिर यह सिर्फ कुछ घोषणाओं तक सीमित रह जाएगा?

अब यह लड़ाई अपने अंतिम पड़ाव पर पहुँच चुकी थी!

12

एक नया इतिहास

अब सरकार ने घोषणा तो कर दी थी, लेकिन शिव जानता था कि सिर्फ वादे काफी नहीं होते—असल बदलाव के लिए कानून बनना ज़रूरी है! "हम तब तक नहीं रुकेंगे, जब तक सरकार इसे आधिकारिक नीति में नहीं बदलती!"

शिव की नई रणनीति—सरकार पर दबाव बनाए रखना

उसने जनता से अपील की कि वे इस मुद्दे पर लगातार सरकार से जवाब माँगते रहें।

टीवी डिबेट्स और सोशल मीडिया कैंपेन को और तेज़ किया गया। सांसदों से व्यक्तिगत रूप से मिलकर इस मुद्दे को संसद में पेश करने की माँग की। मीडिया भी अब शिव के साथ थी—

"क्या सरकार सिर्फ वादे कर रही है, या वाकई कानून बनेगा?"

"क्या पुरुषों की मानसिक स्वास्थ्य नीति को कानूनी मान्यता मिलेगी?"

"क्या शिव की लड़ाई इतिहास बना पाएगी?"

फिर आया सबसे बड़ा दिन—संसद में विधेयक पेश किया गया! "Men's Mental Health & Support Act" नाम से एक नया विधेयक (Bill) संसद में रखा गया।

"अगर यह विधेयक पास होता है, तो पुरुषों की मानसिक स्वास्थ्य समस्याओं को सरकारी स्तर पर मदद मिलेगी!" अगर यह कानून बना, तो मानसिक स्वास्थ्य केंद्र खोले जाएँगे।

सभी कंपनियों में पुरुष कर्मचारियों को भी काउंसलिंग की सुविधा दी जाएगी।

आत्महत्या रोकथाम के लिए विशेष हेल्पलाइन और सपोर्ट सिस्टम बनाया जाएगा।

लेकिन विरोध फिर से बढ़ने लगा...

"क्या यह सच में ज़रूरी है?"

"महिलाओं के मुद्दे अभी भी ज़्यादा अहम हैं, पहले उन पर ध्यान दिया जाना चाहिए!"

"पुरुषों को मानसिक स्वास्थ्य सुविधाओं की क्या जरूरत?"

शिव को पता था कि यह विधेयक पास कराना आसान नहीं होगा।

"अगर सरकार इस पर फैसला नहीं लेती, तो हमें और बड़ा कदम उठाना पड़ेगा!"

अब सवाल था—

क्या यह विधेयक संसद में पास होगा?

या फिर यह सिर्फ बहस का विषय बनकर रह जाएगा?

क्या शिव सच में समाज की सोच बदलने में सफल होगा?

अब यह आंदोलन इतिहास बनाने के सबसे करीब था!

अब संसद में "Men's Mental Health & Support Act" पेश हो चुका था, लेकिन यह सिर्फ पहली जंग थी—असली परीक्षा अभी बाकी थी।

"अगर यह कानून पास हो जाता है, तो यह पूरे देश में एक ऐतिहासिक बदलाव होगा!"

संसद में विधेयक पर बहस शुरू हुई!

टीवी चैनलों पर लाइव कवरेज—

"क्या भारत में पुरुषों के मानसिक स्वास्थ्य पर पहली बार कानून बनने वाला है?"

"क्या सरकार इसे सिर्फ चर्चा तक सीमित रखेगी, या इसे लागू भी करेगी?"

"क्या शिव की लड़ाई सच में एक क्रांति ला सकती है?"

संसद में नेताओं की अलग-अलग राय

कुछ सांसदों ने समर्थन किया—

"यह भारत में पुरुषों के मानसिक स्वास्थ्य के लिए पहला बड़ा कदम होगा!"

"अब तक इस विषय पर कोई चर्चा नहीं होती थी, लेकिन यह सही समय है!"

कुछ नेताओं ने विरोध किया—

"महिलाओं और बच्चों के मुद्दे अभी ज़्यादा ज़रूरी हैं, पुरुषों के लिए अलग कानून क्यों?"

"क्या यह संसाधनों की बर्बादी नहीं है?"

शिव संसद की कार्यवाही देख रहा था।

"अगर यह विधेयक पास नहीं हुआ, तो यह आंदोलन अधूरा रह जाएगा!"

शिव ने सरकार से सीधी अपील की!

उसने एक प्रेस कॉन्फ्रेंस बुलाई और कहा—

"हम सिर्फ कानून नहीं, बल्कि समाज की सोच बदलना चाहते हैं!"

"अगर यह विधेयक पास नहीं हुआ, तो लाखों पुरुषों की आवाज़ फिर से दबा दी जाएगी!"

"हम सरकार से अपील करते हैं कि इसे जल्द से जल्द पास किया जाए!"

अब फैसला संसद के हाथ में था...

विधेयक पर वोटिंग की तारीख तय कर दी गई!

क्या यह विधेयक पास होगा?

या फिर राजनीति के खेल में यह मुद्दा दब जाएगा?

क्या शिव सच में बदलाव ला पाएगा?

अब यह आंदोलन इतिहास के सबसे नज़दीक था!

अब वह दिन आ गया था, जब संसद में "Men's Mental Health & Support Act" पर वोटिंग होनी थी।

"अगर यह कानून पास हो जाता है, तो यह भारत में पुरुषों के मानसिक स्वास्थ्य के लिए सबसे बड़ा बदलाव होगा!"

टीवी चैनलों पर लाइव कवरेज—

"आज का दिन ऐतिहासिक साबित हो सकता है!"

"क्या भारत में पहली बार पुरुषों की मानसिक समस्याओं को कानूनी मान्यता मिलेगी?"

"क्या शिव की मेहनत रंग लाएगी?"

वोटिंग शुरू हुई...

संसद में दो गुट थे—एक जो इस कानून के समर्थन में था, और दूसरा जो इसे अनावश्यक मान रहा था।

समर्थकों का तर्क—

"पुरुषों के मानसिक स्वास्थ्य को गंभीरता से लेना ज़रूरी है!"

"आत्महत्या दर पुरुषों में ज़्यादा है, उन्हें मदद की जरूरत है!"

"यह समाज के लिए सकारात्मक बदलाव होगा!"

विरोधियों का तर्क—

"यह सिर्फ संसाधनों की बर्बादी है!"

"महिलाओं के मुद्दे ज़्यादा ज़रूरी हैं, पहले उन पर ध्यान देना चाहिए!"

"मर्द को मर्द ही रहना चाहिए, ये सब फालतू की बातें हैं!"

शिव की धड़कन तेज़ थी।

"अगर यह बिल पास नहीं हुआ, तो मेरी सारी मेहनत बेकार हो जाएगी!"

फिर संसद में घोषणा हुई—

"विधेयक पर वोटिंग पूरी हो गई है... और परिणाम कुछ ही देर में घोषित किया जाएगा!"

पूरे देश की नज़रें इस फैसले पर टिकी थीं।

ब्रेकिंग न्यूज़—

"क्या भारत में पहली बार पुरुषों के मानसिक स्वास्थ्य पर कानून बनेगा?"

"विधेयक के परिणाम कुछ ही पलों में घोषित होंगे!"

"क्या यह शिव की सबसे बड़ी जीत होगी?"

शिव ने गहरी साँस ली।

"अब सब कुछ इस एक फैसले पर टिका है!"

क्या विधेयक पास होगा?

या फिर यह राजनीति का शिकार बन जाएगा?

क्या शिव की लड़ाई सच में इतिहास बनाएगी?

या फिर यह आंदोलन अधूरा रह जाएगा?

अब भारत के इतिहास में सबसे बड़ा फैसला आने वाला था! पूरे देश की निगाहें संसद पर थीं।

"क्या भारत में पहली बार पुरुषों के मानसिक स्वास्थ्य को कानूनी मान्यता मिलेगी?" ब्रेकिंग न्यूज़—

"संसद में वोटिंग पूरी हो चुकी है, कुछ ही देर में नतीजा आएगा!"

"क्या 'Men's Mental Health & Support Act' इतिहास बनाएगा?"

"क्या शिव की लड़ाई उसकी सबसे बड़ी जीत में बदल जाएगी?"

फिर अचानक संसद में घोषणा हुई—"विधेयक पास हो गया है!"

शिव ने यह सुनते ही अपनी आँखें बंद कर लीं... यह उसकी जीत थी!

संसद में यह पहला मौका था जब पुरुषों के मानसिक स्वास्थ्य को एक गंभीर मुद्दे की तरह स्वीकार किया गया था।

अब पुरुषों के लिए राष्ट्रीय मानसिक स्वास्थ्य सहायता केंद्र बनाए जाएँगे।

हेल्पलाइन नंबर और मनोवैज्ञानिक सहायता मुफ्त में उपलब्ध होगी।

कॉलेजों और स्कूलों में मानसिक स्वास्थ्य जागरूकता कार्यक्रम शुरू किए जाएँगे।

टीवी चैनलों पर यह ऐतिहासिक जीत लाइव थी—

"शिव का आंदोलन सफल हुआ!"

"भारत में पहली बार पुरुषों के मानसिक स्वास्थ्य को कानूनी दर्जा मिला!"

"क्या यह समाज की सोच बदलने की शुरुआत है?"

शिव की आँखों में आँसू आ गए।

"यह सिर्फ मेरी जीत नहीं है, यह हर उस लड़के की जीत है, जो कभी खुलकर अपनी भावनाएँ नहीं दिखा सका!"

अब समाज में बदलाव शुरू हो चुका था...

पुरुषों को अपनी भावनाएँ व्यक्त करने का अधिकार मिला।

अब समाज उन्हें सिर्फ 'मजबूत बने रहने' के लिए मजबूर नहीं करेगा।

यह सिर्फ एक आंदोलन नहीं था, यह एक नई सोच की शुरुआत थी!

शिव ने अपनी डायरी में आखिरी शब्द लिखे—

"जब मैंने यह लड़ाई शुरू की थी, तब मुझे भी नहीं पता था कि यह इतिहास बन जाएगी... लेकिन अगर आप सच के लिए खड़े हों, तो दुनिया आपको सुनती है!"

यह कहानी यहीं खत्म नहीं होती... यह एक नई शुरुआत है!